वरुणपुत्री

वरुणपुत्री

नरेन्द्र कोहली

राजपाल

ISBN : 9789386534149

प्रथम संस्करण : 2017 © नरेन्द्र कोहली

VARUNPUTRI (Novel) by Narendra Kohli

राजपाल एण्ड सन्ज़

1590, मदरसा रोड, कश्मीरी गेट, दिल्ली-110006

फोन : 011-23869812, 23865483, फैक्स : 011-23867791

e-mail : sales@rajpalpublishing.com

www.rajpalpublishing.com

www.facebook.com/rajpalandsons

1

विक्रम को विश्वास था कि उसका परिवार पारंपरिक रूप से धार्मिक नहीं था। उनकी कर्मकांड में कोई रुचि नहीं थी। ईश्वर से कोई शत्रुता भी नहीं थी; किन्तु उसके लिए इतना समय उनके पास नहीं था कि बैठ कर भजन-कीर्तन करते। मंदिर जाते। अभिषेक करवाते। एकादशी, पूर्णिमा और अमावस्या के उपवास करते। अपने घर में किसी ग्रंथ विशेष का अखंड पाठ करते या करवाते।

फिर भी घूमने-फिरने का शौक तो था ही। अभी वे द्वारका आये हुए थे। यह तीर्थाटन के लिए नहीं था। वे सैलानी थे, कहीं भी घूमने जा सकते थे। निकट ही पोरबन्दर और सोमनाथ भी थे। उन्हें भी देखना था। उसके परिवार को समुद्र बहुत आकर्षित करता था; और यह सारा सागर-तट तो बहुत ही आकर्षक था।...प्रभास क्षेत्र के विषय में सुना और पढ़ा था। उसे देखना ही था।

वे लोग द्वारकाधीश के मंदिर से निकले ही थे कि उसके पिता विनोद सीकर लोगों द्वारा पहचान लिये गये। जाने कहाँ से मठ के अनेक शिष्य प्रकट हो गये और उन्हें पकड़कर मठ में ले गये। विक्रम नहीं जानता था कि मठ को उसके पिता में इतनी रुचि क्यों थी। उन्होंने तो कभी मठ में रुचि ली नहीं। उसके पिता के पास धन के सिवाय और था ही क्या। मठ को धन में रुचि होनी नहीं चाहिए थी। पिता के पास धन था; किन्तु वे दान के क्षेत्र में बहुत उदार नहीं थे। मठवालों को वे निराश भी कर सकते थे। दान

करते भी तो बहुत नाप-तौल कर ही करते थे। इस वय में भी उनके प्रति न महिलाओं का आकर्षण कम हुआ था और न ही महिलाओं में उनकी रुचि क्षीण हुई थी। महिलाएँ उनके धन की ओर खिंचती थीं और वे उनके रूप-सौन्दर्य और शारीरिक समृद्धि की ओर। विक्रम को तो कभी-कभी उनकी इस रुचि से वितृष्णा होने लगती थी।...पर साधु-संतों में ही धन का लोभ कहाँ कम हुआ था। वे किसी भक्त को पहचानें या न पहचानें, धनवान को पहचान लेते थे।

वे लोग मठ के दर्शन करने चले गये और विक्रम यहाँ सागर-तट पर आ बैठा। द्वारकाधीश के मुख्य मंदिर के निकट जल था। समुद्र का ही रहा होगा; किन्तु विक्रम को वह सागर-तट लगता ही नहीं था। कोई जौहड़ या तालाब लगता था। पानी की गहराई इतनी कम थी और कितनी तो चट्टानें थीं वहाँ। सामने ही थोड़ी दूरी पर मिट्टी की एक कच्ची पहाड़ी-सी थी, जो दूसरी ओर का किनारा लगता था। खंबात की खाड़ी तो दूर, वहाँ तो एक नहर तक का पानी नहीं था।

एक नौका चल रही थी जो दोनों ओर के लोगों को एक ओर से दूसरी ओर ले जाती थी। विक्रम को समुद्र के इस संकीर्ण से टुकड़े में नौका-विहार नहीं करना था। वह तो सागर को खोज रहा था...वास्तविक सागर...दूर तक रेतीला किनारा और फिर छोटी-बड़ी लहरें। जल का इतना विस्तार कि उसके पार देखना मनुष्य की आँखों के लिए सम्भव ही न हो।...

वह द्वारका के सागर के इस बिम्ब से निराश होकर लौट आया। उसका मन न मंदिर में जाने को हुआ और न ही मठ में। वह अपनी कार के निकट आ गया।

''क्या बात है छोटे साहब ?'' ड्राइवर ने पूछा, ''अकेले ही लौट आये।''

''यहाँ कोई अच्छा-सा सागर-तट नहीं है, पुलिन; जिसे अंग्रेज़ी में 'बीच' कहते हैं। हिन्दी में तो बीच का अर्थ होता है 'मध्य', अंग्रेज़ी में वह किनारा है।''

''मैं आपको अंग्रेज़ी भाषा वाले एक बहुत अच्छे 'बीच' पर ले जा सकता हूँ।'' ड्राइवर ने कहा, ''किन्तु वह अभी पूरी तरह तैयार नहीं है।''

‘‘बीच को भी तैयार किया जाता है क्या ? वह मानव-निर्मित है ?’’

‘‘बीच तो बीच है। वह वैसा ही था और वैसा ही रहेगा। उसे मनुष्य कैसे बना सकता है; किन्तु वहाँ तक पहुँचने के लिए सड़क अभी पूरी बनी नहीं है। थोड़ी दूर पैदल भी चलना पड़ता है, रेत और धूल-धक्कड़ में।’’

‘‘चलो।’’ विक्रम ने दरवाज़ा खोला और गाड़ी में बैठ गया, ‘‘थोड़ी दूर चलना कोई इतना भी कठिन काम नहीं है कि उससे घबराकर ‘बीच’ न देखा जाये।’’

‘‘आप अकेले ही मेरे साथ चले जायेंगे ?’’ ड्राइवर ने पूछा, ‘‘मम्मी-पापा आप को खोजेंगे नहीं।’’

‘‘तुम चलो। जब तक वे मठ से लौटेंगे, हम वापस भी आ जायेंगे।’’

~

ड्राइवर ने जहाँ गाड़ी रोकी, वह मुख्य सड़क थी। वहाँ तक सड़क पक्की ही थी। पक्की सड़क सीधी जा रही थी, शायद पोरबन्दर की ओर। विक्रम ने देखा—दायीं ओर विराट समुद्र दिखाई दे रहा था।

ड्राइवर के संकेत से उसे समझ आया कि वहाँ से दायें मुड़ने पर ढलान पर एक कच्चा रास्ता था। वहाँ पक्की सड़क अभी बनी नहीं थी। विक्रम दायें मुड़ गया।

‘‘मैं रुकूँ या जाऊँ ?’’ ड्राइवर ने पूछा।

‘‘रुको। नहीं तो मैं वापस कैसे जाऊँगा ?’’

‘‘और बड़े साहब ?’’

‘‘उन्हें आवश्यकता होगी तो वे फ़ोन करेंगे। दूसरी गाड़ी भी बुला सकते हैं।’’

विक्रम और समुद्र के मध्य कुछ जंगली झाड़ियाँ थीं और फिर सामने दूर तक रेत थी। उसके पार समुद्र का जल हिलोरें ले रहा था। वही ‘बीच’ था। सड़क अभी पूरी नहीं बनी थी, इसलिए वहाँ तक गाड़ी नहीं जा सकती थी।

यह बात ड्राइवर ने पहले ही बता दी थी। कदाचित् अन्य लोगों को भी इस बात की सूचना थी। इसलिए यहाँ कोई भीड़ नहीं थी। किन्तु ड्राइवर ने यह भी तो कह दिया था कि उसकी दृष्टि से यह द्वारका का सर्वश्रेष्ठ पुलिन था।

विक्रम को रेत तक चलकर ही जाना था, और रेत पर भी तो चलना ही था; किन्तु वह प्रसन्न था। वहाँ चट्टानें नहीं थीं। झाड़-झंखाड़ अवश्य थे किन्तु वे ऐसी कोई बड़ी बाधा नहीं थे। अन्य भी किसी प्रकार की कोई अड़चन नहीं थी। शायद यह पुलिन अभी सैलानियों के लिए खोला नहीं गया था...उसमें खोलने को क्या था। खुला तो वह था ही, बस प्रचारित नहीं किया गया होगा; क्योंकि गाड़ी तट तक नहीं जा सकती थी।...

वहाँ कोई था भी नहीं। आश्चर्य। कोई तट-रक्षक नहीं, कोई जीवन-रक्षक नहीं। इतना बड़ा सागर-तट और एक भी सैलानी नहीं। विक्रम अकेला ही था। जैसे वह उसका व्यक्तिगत पुलिन हो; निजी सम्पत्ति। वहाँ और किसी को आने का अधिकार ही न हो।...वैसे उसके पिता के मन में यह निजी सम्पत्ति वाली बात आ जाये, तो वे खड़े-खड़े इस स्थान को खरीद लें। पूरा नहीं तो उसका कोई भाग ही। उसके पश्चात् वे बड़ी-बड़ी नौकाएँ खरीद लेते और खुले समुद्र के मध्य खड़े बहुमंज़िले जलपोत तक जा पहुँचते। वे सात समुद्र घूम आते, पर उनके पैर तक गीले नहीं होते।...विक्रम को वह सब नहीं चाहिए था। वह तो समुद्र की लहरों से अठखेलियाँ करना चाहता था...बच्चों के समान जल में लोटना चाहता था...प्रकृति में लोटना उसके लिए सदा से माँ की गोद में लोटने जैसा था...

उसने अपने जूते उतार कर एक सुरक्षित-सा स्थान देखकर झाड़ियों में सहेज दिए...दो-चार डग आगे बढ़ गया तो उसे सूझा, जूते तो गाड़ी में ही उतार देने चाहिए थे। उसे लगा कि उसे हर बात थोड़ी देर से ही सूझती है। ट्यूब लाइट है वह भी...

चलो, जो हो गया, वह हो गया। यहाँ आस-पास आदमी तो आदमी, कुत्ता-बिल्ली जैसा कोई पशु भी नहीं है जो उसके जूते घसीट कर ले जाता, या चबा डालता।...और यदि जूतों के साथ कोई दुर्घटना हो ही गयी तो नगर लौटने पर नए जूते खरीदे जा सकते थे। जूते ही हैं, कोई कोहेनूर हीरा तो है

नहीं कि गया तो लौटकर नहीं आयेगा।

उसने अपने मस्तिष्क से जूते भी झटक दिए और कोहेनूर भी। निश्चिन्त भाव से रेत में पैर घसीटता हुआ जल की ओर चलने लगा। आँखें दूर समुद्र पर लगी हुई थीं और उसका ध्यान पैरों तले की रेत और कुछ फुट की दूरी पर लपककर उसकी ओर आती हुई लहरों से हट गया था।

...अभी जल से दस डग दूर ही था कि पानी की एक ज़ोरदार लहर सागर से उठी और उसके पैरों को ही नहीं, घुटनों तक पतलून को भी भिगो गयी।...ध्यान कहीं और था। वह समुद्र की लहरों से होली खेलने को तैयार नहीं था।...अब पहली प्रतिक्रिया तो यह हुई कि वह पलट कर वापस सड़क की ओर भाग चले, जैसे लहर उसके पीछे-पीछे दौड़ रही हो और वह लहर से पीछ छुड़ाना चाहता हो।...

पर तब तक उसका मन बदल गया। भागने की क्या आवश्यकता थी? आखिर वह सागर के जल से खेलने ही तो आया था। उसकी उठती-गिरती लहरों को देखने आया था।...अब, जब सागर उसके साथ खेल रहा है तो भागने का क्या अर्थ? लहरों से भागने लगा तो लहरों का आनन्द कैसे उठाएगा? समुद्र की लहरों से भागना ही था तो यहाँ क्या करने आया था...होटल का कमरा क्या बुरा था...

किन्तु कहीं कोई ज़ोरदार लहर उसके पीछे भागी और वह उससे लड़ न सका तो? लहर उसे बहाकर सागर के गर्भ में ले गयी तो? तब लहरों का आनन्द कहाँ रह जायेगा...

विक्रम स्वयं पर हँसा, वह इतना भीरु कब से हो गया था? सागर-तट पर आनेवाले, सागर की लहरों से खेलनेवाले, सागर में नहानेवाले सब लोग सागर के गर्भ में डूब जाते हैं क्या? यहाँ तो सरकार की ओर से कोई जीवन-रक्षक भी नियुक्त नहीं किया गया था। इसका अर्थ यह हुआ कि यहाँ किसी के जीवन को कोई संकट नहीं था।

साहस कर वह सागर की ओर मुड़ा। लहर आयेगी तो वह उसके सामने खड़ा रहेगा। चाहे वह घुटनों तक भीगे अथवा कमर तक। लहर उसकी छाती से टकराएगी। वह देखेगा कि उसके वक्ष का बल अधिक है या लहर का।

साहस हुआ तो वह लहर के सम्मुख बैठ भी जायेगा। लहर उसके सिर के ऊपर से गुज़र जायेगी।...पर यदि वह उसे बहाकर ले गयी तो ?...लौटती हुई साधारण-सी लहर भी पैरों तले की रेत को बहा ले जाती है।...

वह बढ़ता गया। लहरें उठती-गिरती रहीं। वह मन ही मन प्रसाद की पंक्तियाँ गुनगुनाता रहा—

देखा बौने जलनिधि का शशि छूने को ललचाना।

वह हाहाकार मचाना, वह उठ-उठ कर गिर जाना।

पर तभी एक हल्की रेशमी-सी लहर आयी और उसके पैरों को भिगो गयी। उसे आनन्द की अनुभूति हुई। जाने उसे क्यों लगता था कि यह सारा सागर श्रीकृष्ण का ही रूप था। सागर के रूप में स्वयं श्रीकृष्ण ने अपनी द्वारका को घेर रखा था। वैसा ही श्याम वर्ण, वैसी ही विराटता, वैसी ही चंचलता। वह उनसे लिपटना चाहता था, उनमें डूब जाना चाहता था। श्रीकृष्ण भी तो उससे लिपटने के लिए उसके पीछे-पीछे आ रहे थे। मंदिर जा कर माथा टेकने से, उसे श्रीकृष्ण से इस निकटता का अनुभव नहीं होता था, जो लहरों से एकाकार होने से होता था।...

दूसरी लहर पहली से भी ऊँची थी; किन्तु कोई संकट नहीं था। तीसरी ऊँची और विशाल लहर को आते देख वह वहाँ से भाग जाने के लिए पलटा, किन्तु तभी किसी ने उसकी भुजा थाम ली।...

उसने चकित होकर उस थामनेवाले की ओर देखा। वह राजसी वेशभूषा में एक गरिमामयी, ममतामयी असाधारण सुंदर युवती थी।...

सागर-तट पर तो उसने नहाने के लिए तत्पर संक्षिप्तम कपड़े पहने हुए ही देशी-विदेशी स्त्रियों को देखा था। मूल्यवान साड़ी पहने हुए सम्भ्रांत महिलाएँ जल से दूर ही रहती थीं। कभी-कभी तो गाड़ी से भी नहीं उतरती थीं...किन्तु इनका तो परिधान बहुत ही सुन्दर और असाधारण था; और वे पानी से बचने का प्रयत्न भी नहीं कर रही थीं। उन्हें न अपने डूबने का भय था, न...सम्भव है अच्छी तैराक हों...किन्तु अपने मूल्यवान वस्त्रों को कौन इस प्रकार समुद्र के खारे पानी में डुबो कर खराब करता है ?...

विक्रम की आँखों में प्रश्न था, ‘‘आपने मुझे पकड़ क्यों लिया ? मैं डूब जाऊँ या बह जाऊँ तो ? मुझे तैरना नहीं आता।’’

वे ज़ोर से हँसीं। हँसी में उपहास नहीं, ममता थी।

‘‘तुम्हें बलात् रोक लिया, ताकि तुम पानी से भाग न सको। नहाने ही आये हो तो सागर के जल में जमकर नहाने का आनन्द उठाओ।’’

‘‘मैं डूब जाऊँ तो ? मैंने कहा न मुझे तैरना नहीं आता। मैं तो कभी अपने घर के स्विमिंग पूल में भी नहीं तैरा।’’

सामने से एक ऊँची लहर आ रही थी।

‘‘वह।’’ विक्रम ने उस ओर संकेत किया और पीछे मुड़ने का प्रयत्न किया।

‘‘अपने मन में बैठा लो। अपने मस्तिष्क को भी समझा लो। तुम सागर में कभी नहीं डूब सकते।...और अभी तो मैं तुम्हारे साथ हूँ। मैंने तुम्हारा हाथ पकड़ रखा है। तुम्हें जल से भय नहीं होना चाहिए।’’ वे पुनः हँसीं, ‘‘तुम्हें तो मुझे सांत्वना देनी चाहिए कि यदि मैं डूबने लगूँ तो तुम मुझे बचा लोगे।’’

‘‘वे बाद की बातें हैं। अभी तो मैं अपने लिए चिंतित हूँ। आप न डूबने से आशंकित हैं, न गीली होने से, न कपड़े खराब होने से।’’ वह बोला, ‘‘अच्छा। आपकी उपस्थिति में मैं क्यों नहीं डूब सकता ? आप द्वारका जल प्राधिकरण की अधिकारी हैं, या सागर की स्वामिनी हैं ?’’

‘‘दोनों में से कुछ भी नहीं हूँ।’’

‘‘तो ?’’

स्त्री ने अपनी बात कहने से पहले उसकी कलाई पर अपनी पकड़ मज़बूत कर दी।

‘‘देखो, हाथ छुड़ाकर भागना मत।’’ उन्होंने कहा, ‘‘मैं इस पृथ्वी की जीव नहीं हूँ। इसलिए मिट्टी, जल, पवन और अग्नि का जो प्रभाव पृथ्वी के जीवों पर होता है, वह मुझ पर नहीं होगा।’’

‘‘क्या ?’’ विक्रम बुरी तरह चौंका, ‘‘तो कौन हैं आप ?’’

''मैं एक अन्य ग्रह से आयी हूँ। मेरा निर्माण भिन्न पद्धति और भिन्न पदार्थों से हुआ है। तुम्हारा समुद्र मेरा कुछ नहीं बिगाड़ सकता। कुछ नहीं बिगाड़ेगा। मेरी सुरक्षा उसका दायित्व है।''

विक्रम का ध्यान स्त्री की बातों से हटकर समुद्र की ओर चला गया। वे चलते-चलते समुद्र में दूर तक आ गये थे। जल उसके कंठ तक आ गया था। अगले ही क्षण वह उसकी नाक तक आ जायेगा और वह साँस भी नहीं ले सकेगा। वे लोग समुद्र में डूबने वाले ही थे।

स्त्री ने अपनी हथेली उसकी नाक पर रख दी और फिर उसके वक्ष पर हाथ फेरा।

''मैंने तुम्हें एक कवच दे दिया है। अब तुम जल में भी उसी प्रकार साँस ले सकोगे, जैसे मछलियाँ लेती हैं। तुम जल में, जल-जीव के ही समान सहज भाव से सारा जीवन जीवित रह सकते हो।''

विक्रम ने तड़प कर अपना हाथ छुड़ाना चाहा...किन्तु उस स्त्री ने उसका हाथ छोड़ा नहीं। वह सामान्य स्त्रियों के समान कोमल नहीं थी। उसमें विक्रम से कहीं अधिक शक्ति थी। यह स्त्री तो उसे डुबो कर ही मानेगी। वह उसे जानता तक नहीं है और उसकी बातों में आकर अपने प्राणों से खिलवाड़ कर रहा है। ट्यूब लाइट है न। उसे इस स्त्री के साथ चल पड़ने से पहले उसका परिचय तो जान लेना चाहिए था। उसकी क्षमताओं की सच्चाई की परीक्षा करनी चाहिए थी।...

किन्तु अब तो वे दोनों ही पूरी तरह से सागर के जल के भीतर थे और उसे श्वास लेने में किसी प्रकार की कोई कठिनाई नहीं हो रही थी। कोई प्रयत्न नहीं करना पड़ रहा था। वह वैसे ही साँस ले रहा था, जैसे पृथ्वी पर लेता था। समुद्र का जल उसके नथुनों और मुँह में घुसकर उसे परेशान नहीं कर रहा था। कैसा चमत्कार था यह...क्या यह स्त्री सचमुच ही कोई अद्भुत जीव थी? किसी अन्य लोक की प्राणी? परियों की कहानी में से निकल कर आयी थी क्या?

''आप कौन हैं और मुझे कहाँ ले जा रही हैं?'' उसके मन में जैसे पहली बार प्रश्न उठा। उसके स्वर में भय और प्रसन्नता दोनों की ही थोड़ी-

थोड़ी थरथराहट थी।

''डरो मत। तुम्हारा कुछ भी अनिष्ट नहीं होगा। एक बात को गांठ बाँध लो, तुम जल में कभी नहीं डूबोगे। समुद्र तुम्हारा कभी कोई अहित नहीं करेगा। मुझे अपनी माँ समझो। कोई भी माँ अपने पुत्र का अहित नहीं चाहती।'' वे बोलीं, ''यह एक लम्बी कहानी है।...मैं तुम्हें सब कुछ विस्तार से बताऊँगी।'' स्त्री ने उसके चेहरे की ओर निहारा, ''वस्तुत: आज मैं अनेक कारणों से तुम्हारे पास आयी हूँ, उसमें से एक तुम्हें अपना परिचय देना और तुम से अपना सम्बन्ध बताना भी है। सत्य तो यह है कि तुम मेरे विषय में छोड़ो, अपने विषय में भी बहुत कम जानते हो। किसी ने कुछ बताया ही नहीं होगा। तुम्हें कोई क्यों बताएगा कि मैं आकाशगंगा के एक अन्य ग्रह से आयी हूँ, जो तुम्हारे सौर मंडल से बाहर है।...फिर भी तुम से मेरा घनिष्ठ सम्बन्ध है।''

''आप अन्तरिक्षवासिनी हैं? एलियन?''

''तुम्हारी भाषा में एलियन ही हूँ। शेष सब बाद में बताऊँगी। अभी इतना ही मान लो कि मैं वरुण के समान एक शक्तिशाली देवता की पुत्री हूँ। इसलिए सागर से न मुझे कोई भय है, न तुम्हें।'' वह बोली,

''तुम जानते ही होगे कि वरुण सागर के स्वामी हैं। मैं सागर की स्वामिनी नहीं हूँ; किन्तु स्वामी की पुत्री होने के नाते बहुत सारे अधिकार मुझे भी प्राप्त हैं। मैंने तुम्हें एक कवच दिया है। तुम्हारे शरीर-तंत्र को भी ऐसा बना दिया है कि तुम वायु और जल में समान रूप से श्वास ले सको।''

''ऊदबिलाव बना दिया है आपने मुझे?'' विक्रम ने परिहास में कहा।

''कुछ वैज्ञानिकों का विचार है कि मानव का आदिम रूप एक समुद्री जीव ही था। किन्तु यह अभी एक विचार ही है।''

''पर आप मुझे ले कहाँ जा रही हैं? मेरे माता-पिता मुझे खोज रहे होंगे और मेरी गाड़ी का ड्राइवर उन्हें बता देगा कि उसने मुझे एक स्त्री के साथ सागर के जल में डूबते हुए देखा है। उस गरीब को क्या पता कि मैं आपके साथ हूँ और सुरक्षित हूँ।''

‘‘वे तुम्हें नहीं खोजेंगे।’’ वह हँसीं, ‘‘उन्हें तो तुमसे छुटकारा मिल गया है।’’

‘‘क्या अभिप्राय है आपका ?’’

‘‘तुम दिल्ली में रहते हो। तुम्हारे पिता का दस मंज़िला भवन है, जिसमें नीचे की तीन मंज़िलों में तुम्हारी गाड़ियाँ खड़ी रहती हैं। तुम्हारे पिता के पास अनेक ड्राइवर हैं...’’ वरुणपुत्री रुकीं, ‘‘मैं बहुत सारे रहस्य खोलना नहीं चाहती थी; किन्तु तुमने मुझे बाध्य कर दिया है।’’

‘‘रहस्य ? कैसे रहस्य ?’’

‘‘वस्तुत: वह स्त्री, तुम्हारे पिता की पत्नी तो है; किन्तु वह तुम्हारी माँ नहीं है। वह इस विशाल सागर की एक विराट मछली की सन्तान है,’’ वरुणपुत्री ने कहा।

‘‘मछली की सन्तान ?’’ विक्रम चकित हो गया, ‘‘एक स्त्री मछली की सन्तान कैसे हो सकती है ? विज्ञान इसे कभी नहीं मानेगा।’’

‘‘इस सृष्टि के बहुत सारे ऐसे रहस्य हैं, जिन्हें तुम नहीं जानते। तुम क्या, तुम्हारे विद्वान् से विद्वान् वैज्ञानिक भी नहीं जानते। विज्ञान के जिस स्तर पर तुम लोग पहुँचकर इठला रहे हो, यह उससे बहुत आगे का विज्ञान है।’’

‘‘तो वह स्त्री भ्रूण के रूप में एक मछली के गर्भ में पली है?’’

‘‘हाँ। वह मछली एक मछुवारे के जाल में फँस गयी। मछुवारा उसे बेचने के लिए बाज़ार में ले आया। उस मछली का आकार और उसकी कुछ भिन्नताएँ देखकर एक वैज्ञानिक के मन में उत्सुकता जागी। मछली मृत थी किन्तु उसके शरीर के भीतर कुछ जीवित भी था। वह उसे खरीद लाया—खाने के लिए कम, अपने वैज्ञानिक प्रयोग के लिए ज्यादा। यही कारण है कि उसने उस मछली को मध्य से काटकर उसके टुकड़े नहीं किए। उसने उसे लंबाई में, उसकी त्वचा की पर्तों को बड़ी बारीकी से काटा। काटने वाले यह देखकर चकित रह गये कि मछली के गर्भ में एक जीवित मानवी बच्ची हाथ-पैर मार रही थी।’’

‘‘अरे।’’

‘‘वैज्ञानिक ने इस सूचना को प्रचारित होने नहीं दिया और बच्ची का पालन-पोषण भी गुप्त रीति से किया। वैज्ञानिक को यह देखकर आश्चर्य हुआ

कि बच्ची एकदम सामान्य थी। उसके शरीर में बाहरी रूप से किसी प्रकार का कोई विकार नहीं था। हाँ, उसका भीतरी निर्माण अवश्य कुछ भिन्न ढंग से हुआ था। उसका मन अत्यंत निम्न कोटि का था। उसमें मानवता का कोई गुण नहीं था।''

''आपके विज्ञान के पास इस प्रश्न का कोई उत्तर है कि वह बच्ची मछली के पेट में जीवित कैसे बची; और उसने एक स्त्री के गर्भ से जन्म क्यों नहीं लिया?'' विक्रम ने पूछा।

''तुमने पढ़ा होगा कि शंबर ने श्रीकृष्ण के पुत्र प्रद्युम्न का हरण कर लिया था; और उसके प्राण लेने के लिए उसे समुद्र में फेंक दिया था। वहाँ एक बड़ी मछली उसे निगल गयी थी। एक मछुवारे ने उस मछली को पकड़ लिया। संयोग से व्यापारियों के तंत्र से होती हुई वह शंबर की ही रसोई में पहुँच गयी। वहाँ उसे काटा गया और उसके पेट में से प्रद्युम्न जीवित और स्वस्थ रूप में प्रकट हुआ।'' वरुणपुत्री ने कहा, ''शांतनु की दूसरी पत्नी सत्यवती की भी वही कथा है। वह भी एक मछली के पेट में से प्रकट हुई थी। उसके साथ उसका जुड़वां भाई भी था। वह मछुवारों की बस्ती में उनके मुखिया के घर ही पली थी।''

''किन्तु उसे जन्म तो एक मानवी ने ही दिया था।''

''हाँ। किन्तु *महाभारत* में उसकी कोई चर्चा नहीं है। तुम्हारे पिता की इस मत्स्यकन्या पत्नी का अपने कर्म-फल के परिणामस्वरूप प्रारब्ध ही ऐसा था कि उसे स्त्री के गर्भ से जन्म नहीं लेना था। अपनी माँ का स्तनपान नहीं करना था; किन्तु स्त्री के रूप में दो पुत्रों को जन्म देना था। उन्हें स्तनपान कराना था।...जैसे-जैसे वह बड़ी होती गयी, अधिक-से-अधिक सुंदर भी होती गयी और खर्चीली भी। उसे संसार की महंगी से महंगी चीज़ चाहिए थीं। वह अधिकार माँगती थी। दूसरों पर शासन करना चाहती थी। वह असाधारण सुंदरी थी, इसलिए वह रूपगर्विता स्वयं को संसार की किसी राजकुमारी से कम नहीं मानती थी। वैज्ञानिक ने उसकी प्रवृत्तियाँ देखीं तो उसका विवाह एक अरबपति धनाढ्य से कर दिया, जो स्वयं ही उसके रूप पर मुग्ध होकर अपना संतुलन खो बैठा था।''

''वे ही तो मेरे पिता हैं।''

''जानती हूँ। किन्तु क्या तुम यह जानते हो कि वे संसार के बड़े-बड़े अरबपतियों से भी अधिक धनी हैं।''

''नहीं। मैंने उस ओर कभी ध्यान नहीं दिया। मेरी उनके धन में कभी कोई रुचि नहीं रही। किन्तु आप यह सब कैसे जानती हैं?''

''वह भी बताऊँगी। किन्तु पहले इतना जान लो कि यदि उस मछुवारे ने उस मछली को न पकड़ा होता और वह वैज्ञानिक की प्रयोगशाला में नहीं, किसी धनाढ्य की रसोई में काटी गयी होती तो उसके टुकड़े हो गये होते। यदि वह अपना गर्भवास पूरा कर मछली की सन्तान के रूप में ही प्राकृतिक जन्म लेती तो वह एक स्त्री होते हुए भी पूरी तरह जल-जीव होती। किन्तु मछुवारे और वैज्ञानिक के कारण बीच में ही शल्य चिकित्सा द्वारा उत्पन्न की गयी। यही उसका प्रारब्ध था। परिणामतः वह मछली के कुछ गुणों के साथ एक मनुष्य बन गयी। बड़ी मछली, छोटी मछली को खा जाती है। तुम्हारे पिता की उस पत्नी को भी किसी से कोई सहानुभूति नहीं है। वह छोटी मछलियों को खाने के लिए ही आयी है। उसे तुम्हारी कोई चिंता नहीं है। चिंता के लिए उसके पास अपने दो पुत्र हैं।''

''मैं उनका पुत्र नहीं हूँ किन्तु उनके पति का पुत्र तो हूँ। इस नाते से उनका भी पुत्र हूँ।''

''अपनी आवश्यकता के कारण वह तुम्हें अपना पुत्र कह भी देगी किन्तु मन में वह तुम्हारा विरोध ही पालती रहेगी। वह अपने पति की सारी सम्पत्ति तुम से बचाकर अपने पुत्रों में बाँट देना चाहेगी।''

''बाँट दें। मेरी उस सम्पत्ति में कोई रुचि नहीं है,'' विक्रम ने कहा, ''किन्तु मेरे पिता से उनका सम्पर्क कैसे हुआ?''

वरुणपुत्री उसकी ओर देखती रहीं, ''यह भी बता दूँ? सहन कर सकोगे?''

''बताइए।''

''तुम्हारे पिता ने उसका रूप देखा और उसने तुम्हारे पिता का धन। तुम्हारे पिता किसी सुंदर स्त्री को देखकर स्वयं पर नियंत्रण नहीं रख पाते हैं।

फिर वे उसके विषय में कुछ भी सोचना और जानना नहीं चाहते। बस हथिया लेना चाहते हैं।''

''किन्तु उनकी भेंट कहाँ हुई? कहीं तो हुई होगी।''

''तुम्हारे पिता अपने लिए कोई वैज्ञानिक जानकारी लेने के लिए वैज्ञानिक की प्रयोगशाला में गये थे। वहीं उन्होंने इस मत्स्यकन्या को देखा। अपना उपकरण तो पता नहीं लाये या नहीं, इसको पत्नी बनाकर ले आये। वैज्ञानिक ने अपनी शर्तों पर उन्हें यह पत्नी दी है। अपनी इच्छानुसार उनसे धन लेकर अपनी पालिता पुत्री उनको दी है, ताकि वह उनके धन का पूर्ण भोग कर सके।''

''आप यह सब कैसे जानती हैं?'' विक्रम ने कहा, ''और आप प्रारब्ध की चर्चा भी ऐसे करती हैं, जैसे आप भृगु-संहिता पढ़कर आयी हों।''

''बाद में बताऊँगी। यह सब कुछ मेरे लिए तनिक भी कठिन नहीं है। मैंने कहा न कि मैं एक अन्य ग्रह से आयी हूँ। मेरे पास कुछ विशेष शक्तियाँ हैं।'' वरुणपुत्री बोलीं, ''आओ, पहले समुद्र देखो।''

~

''ओह समुद्र।'' विक्रम बोला, ''चलिए मान लिया कि आप जल में डूब नहीं सकतीं; किन्तु समुद्र में अनेक हिंस्र जीव भी होते हैं।...''

विक्रम आगे बोल नहीं सका। सामने से एक विराट समुद्री जीव आ रहा था। उसका मुँह खुला था और बड़े-बड़े तीखे दाँत दिखाई दे रहे थे।

''वह।'' उसने अपनी तर्जनी से उसकी ओर संकेत किया। उत्तर में वरुणपुत्री ने अपनी तर्जनी दूसरी ओर उठा दी—समुद्र में जैसे शेषनाग ही उतर आया था। उसने उस भयंकर जीव को अपनी कुंडली में लपेटा और अदृश्य हो गया।

''यदि वह जीव समय से न आया होता तो?''

''तो समुद्र अपनी सहस्रों भुजाओं जैसी लहरों में से किसी एक से उसे ऐसा थप्पड़ मारता कि उसके प्राण ही निकल जाते।'' वरुणपुत्री रुकी, ''तुम

इस लोक के जीव हो इसलिए अपने लोक के वैज्ञानिकों के अविकसित ज्ञान के कारण मानते हो कि समुद्र पानी का एक निर्जीव समूह है।''

''ऐसा नहीं है क्या?''

''नहीं। समुद्र भी एक सजीव ही नहीं, चेतन प्राणी है। उसे अच्छी तरह ज्ञात है कि उसे क्या करना है और क्या नहीं करना है। वह अपने अधिकारों और दायित्वों को भी अच्छी तरह जानता और समझता है। किन्तु धरती के जीव अभी विज्ञान के उस सोपान पर नहीं पहुँचे हैं, जहाँ वे सागर के मन को पढ़ पायें। उसकी चेतना को परख सकें।''

''यह तो मुझे आज तक न स्कूल में बताया गया, न घर पर।''

''ठीक कह रहे हो। वे स्वयं जानेंगे तो ही तो तुम्हें बतायेंगे।'' वरुणपुत्री हँसीं, ''एक महत्त्वपूर्ण बात यह है कि जो कुछ तुम देखते हो और जो कुछ तुम देख नहीं भी पाते हो, सृष्टि में जो कुछ भी है, वह सब उस एक चैतन्य का ही प्रकटीकरण है। उस चैतन्य का, जिसे हम ब्रह्म कहते हैं। अर्जुन को दिखाया गया श्रीकृष्ण का विराट रूप इसी का संकेत है। सृष्टि में ऐसा कुछ नहीं है, जो उसका अंग न हो। इसलिए किसी-न-किसी मात्रा में प्रत्येक कण चेतन है; क्योंकि वह उस चैतन्य का अंग है। इस धरती के मनुष्यों ने उस सूक्ष्म चेतना का अनुभव करना अभी नहीं सीखा। वाल्मीकि ने समुद्र को चैतन्य जीव के रूप में देखा था। श्रीराम ने जब पुल बनाने के लिए मार्ग माँगा था तो समुद्र स्वयं मनुष्य के शरीर में प्रकट हुआ था। उसी ने उन्हें राम-सेतु बनाने का सुझाव दिया था। मनुष्य ने यह तो जान लिया है कि वनस्पति में भी प्राण हैं। वह इसी को अपनी बड़ी उपलब्धि मानता है; किन्तु मनुष्य वनस्पति की चेतना और संवेदनशीलता के विषय में कुछ नहीं जानता।'' वरुणपुत्री ने कहा, ''अच्छा यह बताओ, कृष्ण की द्वारका देखोगे?''

विक्रम कुछ कहता, उससे पहले ही वरुणपुत्री को एक और बात स्मरण हो आयी, ''स्वामी रामतीर्थ का नाम सुना है कभी?''

''हाँ। नाम तो सुना है। वैसे उनके विषय में कुछ भी जानता नहीं हूँ।''

''वे प्रतिदिन गंगा में स्नान करने जाते थे। अपने जीवन के अन्तिम दिन भी वे गये। सहसा उन्हें अनुभव हुआ कि गंगा का जल प्रतिदिन के समान

उन्हें तैरने नहीं दे रहा। उसने जैसे उन्हें जकड़ लिया है और वे डूब रहे हैं। उन्होंने मुक्त होने का प्रयत्न किया, हाथ-पैर मारे; किन्तु गंगा की धारा ने उन्हें पुन: बाँध लिया। वे समझ गये कि आज माँ ने उनके लिए अन्त समय निर्धारित कर दिया है। बोले, 'माँ तेरी यह इच्छा है तो यही सही।' वे पद्मासन में बैठकर 'ओम्' का उच्चारण करने लगे और गंगा अपनी इच्छानुसार उन्हें अपने भीतर कहीं ले गयीं। समझ रहे हो गंगा के चेतन अस्तित्व को। उनकी इच्छा और अनिच्छा को। वे जानती थीं कि उन्हें क्या करना है और उनकी इच्छा समझकर स्वामी रामतीर्थ ने भी कोई विरोध नहीं किया।...'' वे रुकीं, ''अच्छा, हम कृष्ण की द्वारका की बात कर रहे थे।''

''कृष्ण की द्वारका?'' विक्रम चकित था, ''तो वह किस की द्वारका है, जिसे हम देखने आये हुए हैं। जिसे हमने देखा है।''

''अपने कुछ यादव साथियों के साथ श्रीकृष्ण गोमांतक पर्वत पार करके सोमनाथ से 32 किलोमीटर दूर सौराष्ट्र के किनारे पहुँचे। कुछ स्रोतों के मुताबिक श्रीकृष्ण वर्तमान स्थित ओखा के पास पहुँचे थे और बेट द्वारका नामक अपना नया राज्य बसाया। ऐसी धारणा है कि समुद्र देवता ने उन्हें अपना राज्य बसाने के लिए 12 योजन अर्थात् लगभग 773 वर्ग किलोमीटर भूमि प्रदान की थी और हिन्दू मान्यताओं में सुंदर इमारतें बनाने वाले भगवान विश्वकर्मा ने श्रीकृष्ण की इच्छा को स्वीकार करके उनके लिए एक नए राज्य का निर्माण किया। धन-धान्य से सम्पन्न यह राज्य स्वर्ण नगरी कहलाया और द्वारका के राजा श्रीकृष्ण को द्वारकाधीश कहा जाने लगा। वैसे श्रीकृष्ण कभी सिंहासन पर नहीं बैठे। उनके जीवन का उद्देश्य एक ऐसे राज्य की स्थापना करना था, जो सत्य और धर्म के सिद्धान्त पर आधारित हो। 'द्वारका' 'द्वारावती' के नाम से भी जानी जाती है, जो 'द्वारा' शब्द से बना है, जिसका अर्थ होता है द्वार या दरवाज़ा और 'का' का अर्थ होता है ब्रह्मा। इस प्रकार द्वारका को ब्रह्मलोक का द्वार माना गया, जो सत्य की अनिर्वचनीय भूमि है। दूसरे शब्दों में आध्यात्मिक रूप से मुक्ति का द्वार है।

''कृष्ण की द्वारका को तो समुद्र लील गया है। जल के भीतर से जो वस्तुएँ प्राप्त की गयी हैं वे सिद्ध करती हैं कि वे ईसा के जन्म से साढ़े सात

सहस्र वर्ष पुरानी हैं। उससे लगता है कि वह नगर कृष्ण की वास्तविक द्वारका हो भी सकता है; और कृष्ण की द्वारका उससे भी नीचे समुद्र में समाई हुई भी हो सकती है।...जिसे तुम भूमि पर कृष्ण की द्वारका के रूप में देख रहे हो, यह तो बाद में बसाया गया नगर है—द्वारका, बेट द्वारका। किसने बसाया है, यह भी कोई नहीं जानता।''

विक्रम चकित था कि वह जल में था किन्तु तैर नहीं रहा था। सहज रूप से आगे बढ़ रहा था, जैसे धरती पर ही चल रहा हो। पैरों के नीचे रेत नहीं थी। चलने के लिए उसे समुद्र के जल को ठेलना भी नहीं पड़ रहा था। जैसे पृथ्वी पर चलने के लिए उसे हवा को धकेलना नहीं पड़ता था, वैसे ही। जल उसे मार्ग देता जाता था और वह आगे बढ़ता जा रहा था। न तो गुरुत्वाकर्षण की कोई बाधा थी, न जल के वेग की।...यह महिला सचमुच ही किसी अन्य ग्रह से आयी हैं। धरती की स्त्रियों से सर्वथा भिन्न। उनके पास मनुष्य से कुछ अधिक विकसित, कुछ अद्भुत और अतिरिक्त शक्तियाँ थीं। उनका ज्ञान भी कुछ उच्च धरातल का था।

''यह देखो।'' वरुणपुत्री ने कहा, ''कथा के अनुसार श्रीकृष्ण ने यहाँ एक अद्भुत नगर का निर्माण किया था। उसमें सोने, चांदी तथा अन्य मूल्यवान धातुओं से अलंकृत सत्तर सहस्र भवन थे, जिन्हें प्रासाद अथवा महल कहा जाता था। यादवों के समय यह नगर समृद्ध ही नहीं अत्यंत धनाढ्य था।''

''तो कहाँ गया वह नगर।''

''श्रीकृष्ण के देह-त्याग के पश्चात् सागर उसे लील गया।''

''क्यों? सागर तो कभी अपनी मर्यादा लांघता नहीं।''

''प्रकृति की लीला। कभी-कभी सागर भी अपनी मर्यादा तोड़ता है। उसके मन में भी अनेक इच्छाएँ जागती हैं। उसकी गतिविधि अकारण नहीं होती; किन्तु सम्भवत: हम उस कारण को खोज नहीं पाते हैं। वह भी प्रकृति की यात्रा का एक अंग ही है।'' वरुणपुत्री ने कहा, ''धरती ने भी तो सरस्वती तथा ऐसी ही अनेक नदियों को लील लिया है। यह जल और मिट्टी का संघर्ष है। मनुष्य भी तो प्रतिदिन अपने मछुआरों, उनकी नौकाओं और जलपोतों के माध्यम से सहस्रों टन मछलियाँ सागर से छीन लेता है।

यदि सागर भी मनुष्य से कुछ छीन ले तो क्या बड़ी बात है। किसी दिन आकाश से भी दूसरे ग्रहों के वैसे ही उपकरण धरती पर उतरेंगे और धरती पर के जीवों को अपने जाल अथवा पंजे में फँसाकर अन्तरिक्ष में अदृश्य हो जायेंगे। कैसा लगेगा तुम्हें? अन्तरिक्ष के जीव, धरती के जीवों को मछलियों के समान खा रहे होंगे। उनके हाटों में मछलियाँ नहीं मनुष्य बिक रहे होंगे। कैसा लगेगा तुम्हें?''

विक्रम क्या कहता। वह तो स्तब्ध खड़ा था। उसका उड़ा-उड़ा चेहरा देखकर वरुणपुत्री ने कहा, ''किन्तु ऐसा होगा नहीं। डरो मत।''

''क्यों?'' विक्रम की आँखों के सामने एक गरुड़ की कल्पना थी, जो झपट कर धरती पर रेंगते सर्प को उठा ले जाता था।

''मैं भोपाल के एक आश्रम में गयी थी।'' वरुणपुत्री ने बताया, ''आश्रम के पास काफ़ी खुली भूमि थी जो विभिन्न प्रकार की वनस्पतियों से ढँकी हुई थी। वह स्थान एक वन जैसा ही था। मुझे बताया गया कि वहाँ बहुत सारे साँप आ गये थे; किन्तु आश्रम का नियम था कि किसी सर्प को मारा नहीं जायेगा। जो व्यक्ति सर्प को मारेगा, वह आश्रम से निकाल दिया जायेगा। मैंने आश्रम के कुलपति से कहा कि 'इस प्रकार तो सर्पों की संख्या बढ़ती ही जायेगी। वे वन-खंड से आगे बढ़कर उनके आवास तथा कार्यालय तक आ जायेंगे। आश्रमवासियों के लिए संकट उत्पन्न हो जायेगा।' वे हँसे। बोले, 'यह तो प्रकृति का खेल है। सर्प आये हैं तो नेवले भी आ गये हैं और ऊपर आकाश की ओर देखिए।' मैंने आकाश की ओर देखा, वहाँ बड़ी संख्या में चीलें उड़ रही थीं।

''ये भी साँपों से हमारी रक्षा करने के लिए ही हैं।' वे बोले, 'जहाँ किसी सर्प का आभास होगा, ये उसे झपट कर उठा ले जायेंगी। सर्प बेचारे तो इनसे अपनी रक्षा के लिए निरंतर प्रयत्नशील हैं। छिपते फिरते हैं, वे इन से। वे हमें क्या क्षति पहुँचायेंगे।'

~

विक्रम ने चकित भाव से वरुणपुत्री को देखा।

वरुणपुत्री फिर द्वारका की चर्चा पर आ गयी, ''कृष्ण की द्वारका को पहले तो सर्वथा कपोल कल्पना ही माना गया था...''

''क्यों ?''

''यह भारत के बुद्धिजीवियों का संस्कार है। अपने देश सम्बन्धी गौरवशाली तथ्यों को वे नकारते रहते हैं। उनकी बौद्धिकता इसी में है। उनकी बुद्धि राक्षस बुद्धि है, अपने देश और अपनी संस्कृति के शत्रु हैं वे लोग।''

''यह मानसिक दासता है इस देश की। दुर्भाग्य है,'' विक्रम ने कहा। ''किन्तु सन् 2000 में उसके खंडहरों के खोजे जाने के पश्चात् उस प्राचीन कथा को बुद्धिमान इतिहासकारों को तथ्य मानना ही पड़ा। उसके खंडहरों को देख कर भी हम जान लेते हैं कि उसका निर्माण करने वाले गणित और ज्यामिति के विद्वान् थे। सागर में मग्न यह द्वारका, जल के भीतर 131 फीट नीचे है। अर्थात् यहाँ सागर में 131 फीट पानी है। यह खंबात की खाड़ी में, जो कच्छ की खाड़ी का भाग है, भारत के प्राचीन सात नगरों में से एक, आधुनिक द्वारका के निकट है। आओ, हम इस नगर को भीतर से देखें। द्वारका नियोजित रूप से बसाया गया नगर था, जहाँ छह सुसंगठित क्षेत्र थे—आवासीय, व्यावसायिक, औद्योगिक क्षेत्र। चौड़ी सड़कें, चौक, महल और कई सार्वजनिक सुविधाएँ। जन-सभाएँ एक बड़े आगार में आयोजित होती थीं, जिसे 'सुधर्मा सभा' कहा जाता था। नगर में सात ऐसे स्थान थे, जो सोने, चांदी तथा अन्य मूल्यवान पत्थरों से बने थे, साथ ही सुंदर उद्यान और मीठे जल की झीलें भी थीं। पूरा नगर चारों ओर से पानी से घिरा हुआ था, यहाँ से मुख्य भूमि तक जाने के लिए पुल बने हुए थे।''

''किन्तु आजकल तो अनेक लोग कहते हैं...रुक्मिणी मंदिर का वह पुरोहित भी कह रहा था कि यहाँ का पानी खारा है। पीने के लिए मीठा जल दूर से लाना पड़ता है।''

''मंदिर का वह पुरोहित गायों के लिए मीठा जल लाने के लिए तुमसे पैसे माँग रहा होगा।''

''शायद।''

‘‘पर सोचने की बात यह है कि श्रीकृष्ण मथुरा नगरी की सारी जनता को ही नहीं, वहाँ के पशुओं तक को इतनी दूर उस स्थान पर ले आये, जहाँ पीने को मीठा जल ही नहीं था। क्या पीते होंगे वे लोग और कहाँ से मीठा जल लाते होंगे ?’’ वरुणपुत्री ने विक्रम की ओर देखा, ‘‘उस रुक्मिणी मंदिर में मैं भी गयी थी। वहाँ के उस अज्ञानी पुरोहित ने यह कथा मुझे भी सुनाई थी।’’

‘‘कौन-सी कथा ?’’

‘‘एक बार कृष्ण और रुक्मिणी ने दुर्वासा को अपने घर भोजन के लिए आमंत्रित किया। दुर्वासा ने अपने स्वभावानुसार एक प्रतिबंध लगा दिया कि वे भोजन के लिए तब जायेंगे, जब उन्हें रथ में बैठाकर कृष्ण और रुक्मिणी स्वयं रथ खींचकर अपने महल में ले जायेंगे। कृष्ण और रुक्मिणी मान गये। वे उन्हें रथ पर बैठाकर खींचकर ला रहे थे कि उन्हें प्यास लगी। उनके पास एक छोटे पात्र में मीठा जल था, वह कृष्ण और रुक्मिणी ने पी लिया। फिर क्या था दुर्वासा क्रुद्ध हो गये कि उन्हें जल नहीं दिया गया। उन्होंने शाप दिया कि कृष्ण और रुक्मिणी को सात वर्ष एक-दूसरे से पृथक रहना होगा। वे सात वर्ष रुक्मिणी ने इसी मंदिर में व्यतीत किए थे। यहाँ पीने के लिए मीठा जल नहीं था। वे अपने लिए और अपनी गाय के लिए मीठा जल दूर से मँगवाती थीं।’’ वरुणपुत्री रुक गयीं, ‘‘तुम इस कथा में विश्वास करते हो ?’’

‘‘आप करती हैं ?’’

‘‘नहीं। एकदम नहीं।’’

‘‘तो आपने उस पुरोहित को कुछ कहा नहीं ?’’

‘‘कहा।’’

‘‘क्या ?’’

‘‘मैंने पूछा, ‘पंडित जी। दुर्वासा जैसे तमोगुणी ऋषि को कृष्ण ने अपने घर बुलाया ही क्यों ? और उसकी वह शर्त मानी ही क्यों ?’ पुरोहित ने कहा, ‘वे उनके कुलगुरु थे।’ ‘उनके कुलगुरु तो गर्गाचार्य थे।’ मैंने कहा। फिर मैंने पुरोहित को कुछ रुपए दिये और कहा, ‘जिन रुपयों के लोभ में तुम लोगों को यह झूठी कथा सुना रहे हो, वे ले लो; और एक बार

भागवत् पढ़ लो।' फिर मैंने उसे कृष्ण के समय की द्वारका का चित्र भी दिखा दिया, जिसमें मीठे जल की झीलें ही झीलें थीं।'' ''पुरोहित ने क्या उत्तर दिया?''

''उसके पास उत्तर होता तो देता। बोला, 'आप बहुत ज्ञानी हैं।' चलते-चलते मैंने उसे अपना उपदेश स्मरण करा दिया कि वह एक बार *भागवत्* पढ़ लेगा तो उसकी अनेक पीढ़ियाँ आजीवन उसके आधार पर आजीविका कमायेंगी। झूठ अथवा अज्ञान से कब तक काम चलाएगा?''

2

''तो इस जलमग्न द्वारका को खोजा किसने?'' विक्रम का ध्यान उस मूर्ख पुरोहित से वापस विज्ञान की ओर लौट आया।

''नौसेना के गोताखोर 2007 ई. में द्वारका की तह तक पहुँचे थे...लेकिन द्वारका नगरी के रहस्य से पर्दा उठाने का काम आज तक रुका हुआ है।''

''क्यों? क्यों रुका हुआ है?''

''देश की राजनीति के कारण।''

तभी एक बड़ी-सी मछली उनकी ओर बढ़ी। 30-32 फुट की तो रही ही होगी। विक्रम चौंक पड़ा...किन्तु यह चौंकना अधिक समय तक नहीं रहा। उसे पता ही नहीं चला कि कब क्या हुआ। क्षण भर में ही जाने वरुणपुत्री ने क्या किया कि वह मछली पर सवारी कर रहा था। वह अनुभव घोड़े की सवारी के समान नहीं था। ऐसा लग रहा था कि वह एक छोटे से द्वीप पर बैठा हुआ है और द्वीप समुद्र में तैर रहा है। वह चाहता तो उठकर उस मछली पर चहल-कदमी भी कर सकता था। वरुणपुत्री समुद्र में उसके साथ-साथ ही चल रही थी।

''यह क्या हुआ?''

''तुम देखोगे कि ये सारे जीव-जंतु तब तक तुम्हें कोई हानि नहीं पहुँचायेंगे, जब तक तुम उन पर प्रहार नहीं करोगे। वे या तो अपने भोजन के लिए आखेट करते हैं या फिर आत्मरक्षा के लिए। ये एक प्रकार की वनस्पति ही हैं। हाँ, एक स्थल से बँधे नहीं हैं। सचल हैं। मनुष्य के समान अपने लिए

धन और सामग्री एकत्रित नहीं करते हैं। संग्रह का लोभ नहीं है उनको ।...प्रकृति ने उन्हें यह ज्ञान दिया है कि जो भोगा नहीं जायेगा, उसका क्षय ही होगा। या उनके आस-पास खाद्य सामग्री इतनी विपुल मात्रा में है कि उन्हें अपने भविष्य की कोई चिंता ही नहीं करनी पड़ती।''

''भगवान कृष्ण की नगरी पर का पर्दा...।''

''भगवान कृष्ण की द्वारका नगरी से जुड़ी मान्यताओं और अनुमानों के वैज्ञानिक कसौटी पर कसे जाने का समय अब एकदम नज़दीक आ गया है, क्योंकि 2007 ई. में भारतीय पुरातत्व सर्वेक्षण के निर्देशन में भारतीय नौसेना के गोताखोर समुद्र में समाई द्वारका नगरी के अवशेषों के कुछ नमूनों को सफलतापूर्वक निकाल लाए थे। गुजरात में कच्छ की खाड़ी के पास स्थित द्वारका नगरी के समुद्र-तटीय क्षेत्र में नौसेना के गोताखोरों की मदद से पुरा-विशेषज्ञों ने व्यापक सर्वेक्षण के बाद समुद्र के भीतर उत्खनन कार्य किया और वहाँ पड़े पत्थरों के खंडों को ढूँढ़ निकाला।

नौसेना के साथ मिलकर चलाए गये अपनी तरह के इस तीसरे अभियान के आरंभिक परिणामों की जानकारी देते हुए भारतीय पुरातत्व सर्वेक्षण के समुद्री विभाग के पुरातत्व विशेषज्ञों ने बताया कि इन दुर्लभ नमूनों को देश में ही नहीं, बल्कि विदेशों की पुरा-प्रयोगशालाओं को भी भेजा गया था और वहाँ से मिली जानकारी के अनुसार इन नमूनों पर सिंधु घाटी की सभ्यता का कोई प्रभाव नहीं है। अर्थात् ये उससे भी बहुत पूर्व के हैं। नौसेना के गोताखोरों ने 40 सहस्र वर्गमीटर के क्षेत्र में यह उत्खनन किया और वहाँ वर्तमान भवनों के खंडों के नमूने एकत्रित किए, जिन्हें आरंभिक तौर पर चूना पत्थर बताया गया था। पुरातत्व विशेषज्ञों ने बताया कि ये खंड किसी नगर या मंदिर के अवशेष लगते हैं। द्वारका में समुद्र के भीतर ही नहीं, बल्कि ज़मीन पर भी खुदाई की गयी थी और दस मीटर गहराई तक किए गये, इस उत्खनन में सिक्के और कई कलाकृतियाँ भी प्राप्त हुई थीं।''

विक्रम चकित भाव से आगे बढ़ता रहा। उसके आस-पास धरती के ही समान वनस्पति के उद्यान थे। यह दूसरी बात थी कि वह उन पौधों को पहचानता नहीं था। उनके नामों का उसे कोई ज्ञान नहीं था। वे हमारी परिचित

वनस्पति से कुछ भिन्न थे। वे जल में उगने वाले पौधे थे। अनेक प्रकार की मछलियाँ और दूसरे रंग-बिरंगे जीव-जंतु उसके पास से चुपचाप निकल जाते थे। किसी ने भी उसके पास आने का प्रयत्न नहीं किया था। किसी ने उसे छुआ तक नहीं था। किसी ने उसे काटा नहीं था। किसी को उसमें कोई रुचि नहीं थी, कोई उत्सुकता नहीं थी। वह उनके लिए अपने समान ही एक समुद्री जीव था।

''आओ। देखें कि क्या ज़मीन पर मिले अवशेषों की समुद्र के भीतर पाए गये खंडों से कोई समानता है। पुरातत्व विशेषज्ञों के अनुसार इन अवशेषों के आयताकार खंडों की बनावट और शिल्प से स्पष्ट है कि वे सिंधु-घाटी-सभ्यता के प्रभाव से मुक्त हैं। द्वारका नगरी के रहस्य से पर्दा उठाने का काम आज तक रुका हुआ है...''

''कब से रुका है?'' विक्रम शीघ्र ही सब कुछ जान लेना चाहता था; किन्तु वरुणपुत्री को कोई जल्दी नहीं थी।

''पुराणों और हिन्दुओं के धर्मग्रंथों में वर्णित प्राचीन द्वारका नगरी और उसके समुद्र में समा जाने से जुड़े रहस्यों का पता लगाने का काम पिछले कई वर्षों से रुका पड़ा है, क्योंकि इस देश में जिस राजनीतिक दल का शासन था, उसके नेताओं को इस देश की संस्कृति और इतिहास में कोई रुचि नहीं थी; वरन् उससे एक प्रकार का विरोध ही था। वह दल इस देश से राम और कृष्ण का नाम ही मिटा देना चाहता था। दो सहस्र वर्षों से पूर्व की कोई चीज़, कोई बात उन्हें प्रिय नहीं थी।''

''ऐसा क्यों?''

''उसके लिए तो उनकी खोपड़ी में झांकना पड़ेगा,'' वरुणपुत्री ने कहा, ''राजनीति। राजनीति बड़ी चीज़ है।''

''हो सकता है कि उनके मस्तिष्क में जाले लगे हों, उनकी लगाम किसी देश विरोधी शक्ति के हाथ में हो,'' विक्रम बोला।

''तुम्हारा अनुमान सत्य के बहुत निकट है।''

''किन्तु द्वारका डूबी कैसे? उसी राजनीतिक दल के कारण तो नहीं।''

वरुणपुत्री हँस पड़ीं, ''यह उनके वश में नहीं था। नहीं तो वे द्वारका ही

नहीं पूरे देश को ही हिन्द महासागर में डुबो देते।'' वे कुछ रुककर बोलीं, ''माना जाता है कि श्रीकृष्ण की मृत्यु और यादव वंश के पतन के पश्चात् आयी एक भयानक बाढ़ में स्वर्ण नगरी द्वारका समुद्र की गहराई में डूब गयी। हालांकि, वर्तमान की खुदाई हमें यह सोचने पर मजबूर करती है कि क्या इस दंतकथा का कोई ऐतिहासिक आधार भी है? ऐसे प्रश्न सारी दंतकथाओं के साथ जुड़े होते हैं।...मान्यता यह है कि नगर जलमग्न हो गया और विभिन्न सभ्यताओं ने छह बार इसका पुनर्निर्माण कराया। आधुनिक युग में द्वारका का निर्माण सातवीं बार उसी क्षेत्र में हुआ। संप्रति द्वारका के अवशेष अरब समुद्र में गोमती नदी के मुहाने पर स्थित हैं...''

''गोमती तो लखनऊ से होकर बहती है और फिर गंगा में जा मिलती है।''

''हाँ, गोमती नाम की दो नदियाँ हैं,'' वरुणपुत्री ने कहा, ''निर्माण नया होता रहता है किन्तु नाम पुराना ही प्रचलित रहता है। अन्य विख्यात ऐतिहासिक और धार्मिक स्थलों की तरह ही यह मंदिर भी द्वारकाधीश मंदिर के नाम से प्रसिद्ध है। इसी नाम का मंदिर मथुरा में भी है। ऐसा माना जाता है कि भगवान श्रीकृष्ण की अनन्या भक्त मीराबाई ने अपने प्राणों का परित्याग यहीं पर किया था। प्रतिवर्ष जन्माष्टमी के उत्सव में भाग लेने के लिए पूरे विश्व से हज़ारों भक्तगण यहाँ आते हैं।''

''ये किंवदंतियाँ ही हैं या फिर इनकी कुछ वास्तविकता भी है?''

''*महाभारत* के अनुसार कृष्ण ने कुशस्थली में द्वारका का निर्माण किया था। वह एक छोटा-सा दुर्ग था। कहो कि गढ़ी थी। वह उस समय भी उजाड़ या खंडहर ही थी। बलराम की पत्नी, रेवती के पिता, जो वहाँ के राजा थे, जलदस्युओं से उसकी रक्षा नहीं कर पाये थे। फिर कृष्ण ने गोमती नदी के मुहाने पर दूसरी द्वारका बसाई, जिसे बेट द्वारका कहते हैं। उसकी 560 मीटर लंबी दीवार पाई गयी है। वह समुद्र के तट पर ही दिखाई देती है। मिट्टी के बर्तन आदि 1528 ईसा पूर्व के प्रमाणित होते हैं। उस खुदाई में कुछ मुद्राएँ भी प्राप्त हुई हैं, जिनका उपयोग व्यक्ति की पहचान के रूप में होता था।''

''क्या उन मुद्राओं से प्रमाणित होता है कि वह कृष्ण की ही द्वारका है?''

''हाँ, अनेक भांड भी मिले हैं। लेखांकित टुकड़े भी मिले हैं, जो 1600 ई.पू. के हैं। मुद्रा 1700 ई.पू. की है। वहाँ मिले भग्नावशेष पत्थर के बने हुए हैं, इसलिए वे गिर चाहे पड़े हों किन्तु समुद्र के जल और झंझावातों से विकृत मात्र हुए हैं। हाँ भूचाल आया होता तो उसकी क्षति हो सकती थी। वर्तमान द्वारकाधीश मंदिर सागर तट पर है किन्तु उसकी कोई हानि नहीं हुई है। इसका अर्थ है कि उसकी नींव भी क्षतिग्रस्त नहीं हुई है। बेट द्वारका के मंदिर में अवश्य। दरारें पड़ गयी हैं।''

''इन तथ्यों से संसार के विद्वान् सहमत हैं?''

''ऐसा तो सम्भव ही नहीं है। विद्वान् लोग भी कभी सहमत होते हैं। संसार को छोड़ो भारत के ही तथाकथित विद्वान् सहमत नहीं हो पाते।'' वरुणपुत्री ने कहा, ''ऐसे कई सिद्धान्त हैं जो द्वारका के वास्तविक स्थान के बारे में सुझाव देते हैं। लेकिन कई ऐसे पुरातात्विक संकेत हैं जो इस विश्वास का समर्थन करते हैं कि प्राचीन द्वारका वर्तमान द्वारका के ठीक नीचे और बेट द्वारका से आगे उत्तर दिशा में है, दक्षिण में ओखमंडी और पूर्व में पिंडारा है।...हाल ही में मिली जानकारी यह संकेत करती है कि प्राचीन द्वारका की कथाओं का ऐतिहासिक आधार है। खुदाई के दौरान जो तीस तांबे के सिक्के, शिलाखंड का आधार, वर्तुल और पुराने समय के प्राचीन मिट्टी के बर्तनों के नमूने मिले थे, वे 1500 ईसा पूर्व के हैं।...भारतीय पुरातात्विक सर्वेक्षण संस्था द्वारा समुद्री जल पर पानी के अंदर किया गया सांप्रतिक शोध यह दर्शाता है कि दो सहस्राब्दि पूर्व यहाँ एक नगर का अस्तित्व था। खोए हुए नगर की सन् 1930 से खोज जारी है। सन् 1983 और 1990 के बीच हुई छानबीन से यह पता चला कि नगर, नदी के किनारे छह खण्डों में बसा हुआ था। उन्हें द्वारका नगरी के अवशेष भी मिले हैं, समुद्र में जिनका विस्तार आधे किलोमीटर से भी अधिक क्षेत्र में है। शिलाखण्ड के आधार पर सीधे बनीं दीवारें यह सिद्ध करती हैं कि भूमि वापस समुद्र में चली गयी थी। समुद्री पुरातत्व इकाई द्वारा की गयी खोज और प्राचीन लेखों में द्वारका के प्रारूप का वर्णन एकसमान है।''

''अब ?''

‘‘अब भारतीय पुरातत्व सर्वेक्षण ने ऐसी परियोजनाओं को आगे बढ़ाने के लिए अगले दो साल में ‘अंडर वॉटर आर्कियोलॉजी विंग’ को सुदृढ़ बनाने का निर्णय किया है। भारतीय पुरातत्व सर्वेक्षण के निदेशक ए.के. सिन्हा ने कहा है, ‘‘पानी के भीतर खोज के काम के लिए बड़ी आधारभूत संरचना की ज़रूरत होती है। प्राचीन द्वारका नगरी की खोज जैसी परियोजना के लिए समुद्र में प्लेटफ़ार्म और काफ़ी संख्या में प्रशिक्षित गोताखोरों की ज़रूरत होगी, जो पानी में गहराई तक जा सकें।’ उन्होंने कहा कि दुर्भाग्य से भारतीय पुरातत्व सर्वेक्षण—ए.एस.आई. में पानी के नीचे कार्य करने में सक्षम ऐसी आधारभूत संरचना और मानव संसाधनों की कमी है। साल दो साल में ‘अंडर वॉटर आर्कियोलॉजी विंग’ को सुदृढ़ बनाया जायेगा ताकि ऐसी परियोजनाओं को आगे बढ़ाया जा सके।’’

‘‘हम तो वैसे ही बिना किसी परियोजना के इस द्वारका में चले आये,’’ विक्रम हँसा। ‘‘क्योंकि हम सरकारी नीतियों के अधीन काम नहीं कर रहे। न हमें दैत्य बुद्धि के इन बुद्धिजीवियों के समर्थन की आवश्यकता है। आर्ट ऑफ़ ओशनोग्राफ़ी की समुद्री पुरातत्व शाखा में काम करते हुए सिन्हा जी ने द्वारका तथा महाबलीपुरम नगरों से जुड़े रहस्यों पर काफ़ी काम किया था। उनके नेतृत्व में किये गये प्रयासों से प्राचीन द्वारका नगरी का पता लगाया गया और कुछ अवशेष एकत्रित किये गये।...हालाँकि इसके बाद से हमारी सरकार की दुर्भावनापूर्ण नीतियों के कारण काम रुका ही हुआ है। ध्यातव्य है कि 2005 में नौसेना के सहयोग से प्राचीन द्वारका नगरी से जुड़े अभियान के दौरान समुद्र की गहराई में कटे-छंटे पत्थर मिले थे; और उनके लगभग 200 नमूने एकत्रित भी किये गये थे।’’

वरुणपुत्री मौन हो गयीं।

विक्रम ने देखा—वे एक महानगर के अत्यंत विराट द्वार से भीतर आ गये थे। जाने उस द्वार का नाम क्या था। *महाभारत* के अनुसार हस्तिनापुर के मुख्य द्वार का नाम तो ‘वर्द्धमान’ था और द्वारका के मुख्य द्वार का? जाने क्या था। वह किसी से पूछेगा। वरुणपुत्री से ही पूछे? किन्तु वे तो कह रही हैं कि वे किसी और ही ग्रह से आयी हैं। पता नहीं उसने कृष्ण और द्वारका के

विषय में कुछ जाना और पढ़ा भी है या नहीं। वह विक्रम के पिता की पत्नी के विषय में तो ऐसे बता रही थी, जैसे शांतनु की पत्नी सत्यवती के विषय में बता रही हो।...चलो छोड़ो...

एक अन्तर अवश्य था। द्वार के बाहर तो समुद्र, जैसे कोई उद्यान था और द्वार के भीतर जैसे भारतीय पुरातत्व ने खुदाई से प्राप्त सामान को संजोए बिना इधर-उधर फेंक दिया था।...वहाँ कितने ही सिंह बने हुए थे।...आश्चर्य की बात थी कि पाँच-सात सहस्र वर्ष पुरानी मूर्तियाँ वैसी की वैसी पड़ी थीं, वे अब तक तनिक भी विकृत नहीं हुई थीं। स्तंभ वैसे के वैसे खड़े थे, जैसे कल ही खड़े किये गये हों। हाँ कुछ मानव आकृतियाँ अवश्य ऐसी थीं, जिन्हें समुद्र के जल का क्षार खा गया था।

विक्रम ने कोणार्क के मंदिर में भी समुद्र की नमकीन वायु द्वारा दीवारों को छिद्रों से युक्त, खोखला होते देखा था; किन्तु ये सिंह कहीं से भी विकृत नहीं हुए थे। स्तंभ भी वैसे के वैसे खड़े थे। समुद्र का जल अलग-अलग स्थानों पर विभिन्न भवनों से इस प्रकार भिन्न व्यवहार कैसे कर रहा था...किन्तु वरुणपुत्री कह रही थीं कि समुद्र एक चैतन्य प्राणी है। तो फिर भिन्न स्थानों पर भिन्न पदार्थों से उसका व्यवहार भिन्न हो सकता है। वे वस्तुएँ भी तो भिन्न पदार्थों से बनी हुई हो सकती हैं, जिनके अपने गुण हैं। उनका व्यवहार भी तो भिन्न हो सकता है। पत्थर कोई एक प्रकार का तो होता नहीं है। संसार में इतने प्रकार के और इतने रंगों के पत्थर हैं...अरे तो क्या पत्थर में प्राण और चेतना वर्तमान है? वरुणपुत्री के सिद्धांत के अनुसार तो होना चाहिए...

''आओ, श्रीकृष्ण का शयन कक्ष देखें,'' वरुणपुत्री ने कहा।

''किन्तु यहाँ कहीं दीवारें तो हैं ही नहीं।'' विक्रम ने कहा, ''बस कुछ स्तंभ ही हैं।'' वरुणपुत्री हँसीं, ''तुम कहोगे कि छत भी नहीं है।'' वे कुछ गंभीर हुईं, ''हाँ दीवारें। या तो उस काल में दीवारें होती ही नहीं रही होंगी, किसी और प्रकार का पर्दा होता होगा या फिर वे दीवारें समुद्र के जल के थपेड़ों से टूट गयी होंगी। यह जो कुछ बचा है, समुद्र की शिलाओं से बना है। यदि दीवारें मिट्टी को पका कर बनाई गयी ईंटों से बनी होंगी तो उन्हें इन

पाँच-सात सहस्र वर्षों में समुद्र के जल में गलकर घुल ही जाना था।''

वे कमरे में प्रवेश कर गये।

''दहलीज़ तो है, बस दीवारें ही नहीं हैं,'' विक्रम ने कहा।

''दहलीज़ इस बात का प्रमाण है कि कक्ष कहाँ से आरंभ होकर कहाँ समाप्त हुआ है; और दहलीज़ है तो दीवारें भी रही ही होंगी।'' वरुणपुत्री ने कहा, ''इससे कमरे का रूपाकार तो स्पष्ट हो जाता है और जहाँ तक मैं समझती हूँ, ये कमरे बहुत बड़े-बड़े हैं। तुम्हारे घर के कमरे इतने बड़े हैं क्या ?''

''तब भूमि का अभाव नहीं था न। न भूमि-खंड दिल्ली विकास प्राधिकरण से खरीदना पड़ता था।''

''राजाओं को आज भी भूमि-खंड खरीदने नहीं पड़ते,'' वरुणपुत्री ने कहा।

कमरा खाली था। वहाँ जो कुछ रहा होगा, वह सब काल का ग्रास हो चुका था। विक्रम मन ही मन उसमें पलंग और मेज़-कुर्सियाँ सजा रहा था। कुछ अलमारियाँ भी होनी चाहिए। पर्दे लग जायें तो यह कमरा कितना भव्य लगने लगेगा।...यह कक्ष कृष्ण का भी हो सकता है...या फिर वसुदेव का...किन्तु यह तो विक्रम को ज्ञात ही नहीं था कि द्वारका में यह श्रीकृष्ण का ही महल था; अथवा किसी अन्य राजपुरुष, व्यापारी अथवा सेनानायक की अट्टालिका थी। द्वारका में केवल कृष्ण ही तो नहीं रहते थे। वरुणपुत्री ने बताया था कि यहाँ सहस्रों भवन थे।...

उस उजाड़ कमरे के एक कोने में धातु से बना एक गदा पड़ा था। उस पर बहुत कुछ जमा हुआ था। मिट्टी, धूल, घास, जंग, काई और जाने क्या-क्या...

''यह क्या कृष्ण अथवा बलराम का गदा है, जिसका उपयोग महाभारत के युद्ध में हुआ था ?''

''जहाँ तक महाभारत के युद्ध में प्रयोग का प्रश्न है, इसका प्रयोग वहाँ नहीं हुआ था; क्योंकि बलराम उस युद्ध में सम्मिलित ही नहीं हुए थे और कृष्ण ने उसमें शस्त्रों का प्रयोग नहीं किया था।''

''तो फिर...''

वरुणपुत्री हँसीं, ''मुझे ज्ञात नहीं है कि यह क्या है। सम्भव है कि यह गदा नामक शस्त्र ही हो; किन्तु यह कुछ और भी हो सकता है। उस युग का

हमारे लिए कोई अज्ञात उपकरण, जो अब लोक-व्यवहार में से विलुप्त हो चुका है।''

''ऐसे भी कभी कुछ लुप्त हुआ है?'' विक्रम चकित था।

वरुणपुत्री ज़ोर से हँसीं, ''तुमने कभी किसी व्यक्ति को किसी पशु का दूध दुहते देखा है? जानते भी हो कि दूध कहाँ से आता है?''

''पोलिथीन की थैली में मदर डेयरी से आता है। कभी-कभी अमूल की दुकान से भी आता है।''

वरुणपुत्री और भी ज़ोर से हँसीं, ''अबोध बालक तुम जानते ही नहीं हो कि गाय, भैंस, बकरी तथा ऐसे ही कुछ अन्य पशुओं की मादाओं के थनों में अपने शावकों को पिलाने के लिए दूध उतरता है। थन जानते हो?''

विक्रम अटपटा कर चुप रह गया।

''स्त्री के स्तन को जानते हो या नहीं, जिससे वह अपने शिशु को दूध पिलाती है?''

''मैंने कभी अपनी माँ का दूध पिया ही नहीं।''

''ठीक कह रहे हो, तुमने अपनी माँ का दूध नहीं पिया किन्तु धाय का दूध तो पिया होगा।''

''स्मरण नहीं है। वैसे आप कैसे जानती हैं?''

''कहा न कुछ बातें बाद में बताऊँगी।'' वरुणपुत्री ने कहा, ''तो जैसे माँ के स्तन होते हैं, वैसे ही इन चौपायों के थन होते हैं। 'स्तन' शब्द का ही बिगड़ा हुआ रूप है 'थन'। जैसे 'स्थान' से 'थान' बना है। वे भी अपने शावकों की माताएँ हैं। उनके शावक जब दूध पी लेते हैं तो मनुष्य उनके थनों से शेष दूध दुह लेता है और उसके पश्चात् अनेक प्रकार के बर्तनों और थैलियों में बेचता है। किन्तु तुम्हारे जैसे आज के बच्चे उनके विषय में कुछ नहीं जानते। तुम हुक्का नहीं जानते। तुम अंगीठी नहीं जानते। तुम चरखा नहीं जानते। तुम सिल-बट्टा और कूंडी-डंडा भी नहीं जानते। तुम्हारे जीवन में से ये वस्तुएँ विलुप्त हो गयी हैं। तुम स्लेट नहीं जानते, तख़्ती नहीं जानते। कलम-दवात नहीं जानते। कुछ दिनों में कॉपी और पैंसिल भी नहीं जानोगे। सम्भवत: भूल जाओगे कि कागज़ नाम की भी कोई चीज़ होती थी।...''

‘‘क्यों ?’’

‘‘केवल लैपटॉप, कंप्यूटर, आईपैड, स्मार्टफ़ोन और ऐसी ही चीज़ों के विषय में जानोगे।’’

‘‘तो वह गदा नहीं भी हो सकता है,’’ विक्रम ने कहा।

‘‘सम्भव है, वह उस युग का कोई और ही उपकरण हो।’’

‘‘मन होता है,’’ विक्रम ने कहा, ‘‘कि उसे भीम का गदा मान लें। किन्तु तब उसे हस्तिनापुर में होना चाहिए था। यहाँ द्वारका में नहीं।’’

‘‘तो उसे बलराम का गदा मान लो; किन्तु बलराम का शस्त्र तो हल था।...’’

‘‘पर देखिए, यहाँ सिंहों की कितनी मूर्तियाँ हैं। दुकान ही सजी है।’’ विक्रम बोला, ‘‘और वे इतने दीर्घकाल में तनिक भी विकृत नहीं हुई हैं।’’

‘‘ये समुद्र की शिलाएँ ही हैं, इसलिए सागर का जल उनका क्षरण नहीं कर रहा है। बाहर का पत्थर होता तो कब से समुद्र का जल तथा उसकी नमकीन हवा उसे खा गयी होती।’’

‘‘इसका क्या अर्थ हुआ ?’’

‘‘इसका अर्थ है कि या तो पत्थर में प्रतिरोधक शक्ति अधिक है, या वह सागर के जल का मित्र प्राणी है। उसके अनुकूल है।’’

‘‘यह शंख देखिए।’’

‘‘शंख तो समुद्र की ही देन है। उसे कहीं से लाना नहीं पड़ता। यहीं निर्मित हुआ है। वैसे यह असाधारण आकार का है; शायद भीम का शंख पौंड्र भी इतना बड़ा न रहा हो,’’ वरुणपुत्री ने कहा।

‘‘यह कक्ष शायद श्रीकृष्ण का शयनकक्ष रहा हो।’’

‘‘सम्भव है; किन्तु तुम भूल रहे हो कि श्रीकृष्ण की तीन पटरानियाँ थीं। इसलिए उनके कम-से-कम तीन शयनकक्ष रहे होंगे।’’

‘‘यह भी तो सम्भव है कि उन तीनों के अलग-अलग महल रहे हों। एक महल उनके माता-पिता वसुदेव और देवकी का रहा हो।’’

‘‘शायद भविष्य में कभी वह समय आये, जब हमारे पुरातत्त्ववेत्ता यह खोज निकालें कि कौन-सा भवन किसका था और सारे भवनों पर उन नामों

के पट्टे लगा दिए जायें।'' वरुणपुत्री ने कहा, ''एक ही कक्ष देखकर सारे निष्कर्ष निकालना उचित नहीं है। इस भवन का निर्माण किसी अत्यंत विराट हवेली के समान हुआ है। शायद इसीलिए आज भी वैष्णवों के कुछ सम्प्रदाय श्रीकृष्ण का मंदिर हवेली के रूप में ही बनाते हैं। वे मंदिर कम, आवास ही अधिक लगते हैं।''

''ठीक कह रही हैं। यह श्रीकृष्ण का घर है, उनका मंदिर नहीं। देखिए बाहर कितने बड़े-बड़े भूमि खंड खाली पड़े हैं। सम्भव है, वे गोशालाएँ अथवा अश्वशालाएँ हों।''...सहसा विक्रम कुछ संकोच के साथ बोला, ''मैं श्रीकृष्ण के शस्त्र देखना चाहता हूँ।''

वरुणपुत्री हँसीं, ''यदि हमारा अनुमान ठीक है तो यह श्रीकृष्ण के महल का खंडहर है। उनकी आयुधशाला नहीं। वैसे भी तुम देख सकते हो कि समुद्र ने जितना इस महल को सँभाल कर रखा है, तुम्हारे देश ने उसे नहीं सँभाला है।''

''क्यों ?''

''राजनीति। शायद इस देश के शासक अपनी भारत-विरोधी चिंतन-धारा के कारण डेढ़ सहस्त्र वर्षों से पीछे जाना ही नहीं चाहते, नहीं तो वे रामसेतु की भी रक्षा करते। नीदरलैंड ने जैसे अपने देश को समुद्र से बचा कर रखा है, वैसे ही ये भी अपने देश को समुद्र से बचाते। लगता है कि वे अपने प्राचीन इतिहास को नष्ट कर देना चाहते हैं, जैसे उन्हें इस देश और इसके इतिहास से कोई प्रेम ही न हो। तभी तो वे रामसेतु, सरस्वती नदी और इस जलमग्न द्वारका के अस्तित्व को स्वीकार नहीं कर रहे।'' वे रुकीं, ''तुमने वह कथा सुनी है, जिसमें कहा गया है कि परशुराम ने सारी पृथ्वी जीत कर ब्राह्मणों को दान कर दी थी और फिर अपने रहने के लिए समुद्र से पृथ्वी का एक खंड छीन लिया था। उसी भूमिखंड को आजकल केरल कहते हैं।''

विक्रम का मन उन प्राचीन कथाओं में घूमता रहा और आँखें जलमग्न द्वारका को देखती रहीं।

''तुम्हें ज्ञात है कि द्वारका के ही समान संसार के और भी अनेक ऐतिहासिक नगर सागर में डूबे हुए हैं। दक्षिणी यूनान में सागर-तट पर

एक ग्राम है पावलोपेत्री। उसके निकट ही समुद्र में पाँच मीटर नीचे पांच सहस्र वर्ष पुराना नगर पावलोपेत्री दिखाई पड़ता है। वह आज के नगरों के समान सुनियोजित ढंग से बना हुआ है। कई भवन दोमंज़िले भी हैं और उनमें बारह कमरों तक का निर्माण हुआ है।...जमाइका का पोर्ट रॉयल,...जापान के दि पिरामिड ऑफ़ युनागुनी।...चीन की लॉयन सिटी...पीरु में दि टेंपल अंडर लेक टिटिकाका...अर्जनटाइना का विला एपिक्यूटइन...मिश्र में क्लियोपैट्रा का महल।''

''नहीं। मैं नहीं जानता। हमें भूगोल में यह सब नहीं पढ़ाया जाता।''

''स्कूल में सब कुछ नहीं पढ़ाया जाता। वह तो पहली सीढ़ी है। उसके पश्चात् तो अपनी रुचि से अध्ययन किया जाता है। उसे ही स्वाध्याय कहते हैं। तुम्हारी रुचि हो तो तुम अब स्मरण कर लो।'' वरुणपुत्री ने कहा, ''जिन जलमग्न नगरों का अब तक पता लगा है, संसार में द्वारका समेत ऐसे नौ नगर हैं।...''

विक्रम कुछ पूछना चाहता था किन्तु वरुणपुत्री ने पूछने नहीं दिया।

''तुम सवारी कर चुके हो तो तुम्हें इस मछली से नीचे उतार लूँ। यह स्थान विशेष है।''

''उतार लीजिए।''

विक्रम की समझ में नहीं आया कि वह कैसे फ़िसल कर नीचे उतर आया; किन्तु वह जल में खड़ा था। चकित था। वह था तो जल में, किन्तु उसके पैरों के नीचे रेत थी—साफ़-सुथरी, सफ़ेद।

''यह क्या है?''

''यह विभिन्न नदियों द्वारा संसार भर के पर्वतों से लाई गयी रेत है। किन्हीं कारणों से रेत के जमा हो जाने से समुद्र में बनी यह एक पहाड़ी है। तुम समझ सकते हो कि रेत का एक-एक कण मीलों मील की यात्रा कर जब यहाँ आया तो उसने अपना संगठन बनाने का प्रयत्न किया। यह रेत उस रेत से भिन्न है, जो पानी में डूबी रहकर भी संतुष्ट है। यह रेत इसी प्रकार जमा होती रही तो कुछ समय के पश्चात् पानी से ऊपर उठकर अपना चेहरा दिखाएगी।''

''समुद्र में पहाड़ी?'' विक्रम अब भी चकित था, ''तो फिर पहाड़ियों पर भी समुद्र हो सकता है।''

‘‘पहाड़ियों पर समुद्र नहीं किन्तु समुद्र की पुत्रियाँ झीलें अवश्य होती हैं।’’ वरुणपुत्री हँसीं, ‘‘चकित मत होओ। समुद्र में तुम्हारे ही संसार के समान सब कुछ है। वन हैं, उद्यान हैं, खेत हैं। जीव-जंतु हैं। वे शाकाहारी भी हैं और मांसाहारी भी। मनुष्य के काम आने वाली असंख्य वस्तुएँ हैं। कुछ को मनुष्य ढूँढ पाया है, कुछ के प्रति अभी तक अनभिज्ञ है।’’

‘‘नगर भी हैं क्या ?’’

‘‘मेरे विचार से तो हैं। आओ, तुम्हें दिखाऊँ।’’

‘‘आपने मांसाहारी जीवों की बात की। क्या वनस्पति की कुछ प्रजातियाँ भी मांसाहारी होती हैं ?’’

‘‘होती हैं।’’

‘‘वे जीव को कैसे खा सकती हैं ? उनके इतने तीखे दाँत होते हैं क्या ? वनस्पति जीव को चबा सकती है क्या ?’’

‘‘नहीं चबाती नहीं। वे अपनी शाखों और पत्तों से उस जीव को कस कर बाँध लेती हैं और फिर उसको दबाती जाती हैं, दबाना नहीं, उसे शायद मसलना कहेंगे। या फिर निचोड़ना कह सकते हैं। उसके शरीर का जितना भी रस चूस सकती हैं, चूस लेती हैं। जिसे नहीं चूस सकतीं, उसे छोड़ देती हैं, जैसे रस निचोड़ने के बाद, गन्ने का छिलका, संतरे का छिलका। एक बेल होती है—अमरबेल। हो सकता है, तुमने अपने घर के आस-पास ही कहीं देखी हो। उसमें पत्ते नहीं होते। जड़ें भी नहीं होतीं। पीले रंग की पतली-पतली शाखाएँ ही होती हैं। उसके कुछ टुकड़े, किसी भी वृक्ष पर डाल दो। वह उस वृक्ष का रस चूस-चूस कर स्वयं को बढ़ाती रहती है। अन्तत: वृक्ष सूख जाता है, और अमरबेल का साम्राज्य फैल जाता है। वृक्ष के पास उससे बचने का कोई साधन नहीं होता। वह अपना शोषण होता देखता रहता है और अन्तत: मर जाता है।’’ वे रुकीं, ‘‘तुमने जब कभी संतरा खाया, कभी सोचा कि तुम एक जीव का मांस खा रहे हो ?’’

‘‘नहीं।’’

‘‘किन्तु है तो वह भी जीव की ही हत्या। वस्तुत: प्रकृति ने सृष्टि ही ऐसी रची है कि एक जीव दूसरे जीव से ही अपना भोजन प्राप्त करता है।

जीव जीवस्य भोजनम्। रंग-रूप कोई भी हो।''

वे दोनों उस पहाड़ी को पार कर उसकी दूसरी ओर उतर गये।

~

''इन चट्टानों और गुफ़ाओं को ध्यान से देखो। वैसे ये प्राकृतिक पाषाण ही हैं। फिर भी उनमें कुछ खिड़कियाँ और द्वार बने हुए दिखते हैं। लगता है, जैसे उन्हें रहने योग्य घर बनाने का प्रयत्न किया गया है। सम्भव है, यह किसी समय का कोई नगर ही हो। इतिहास में इतने उतार-चढ़ाव आये हैं कि उसे समझना कठिन है। किसी समय जहाँ समुद्र था, आज वहाँ पर्वत है और जहाँ पर्वत था, वहाँ समुद्र है। जहाँ वन था, वहाँ नगर है और जहाँ नगर था, वहाँ वन है।''

''पर यहाँ रहता कौन होगा?''

''देखते हैं। आओ भीतर चलें। डरो मत। मैं तुम्हारे साथ हूँ।''

''आपके पास तो कोई शस्त्र भी नहीं है, आवश्यक होने पर आप अपना और मेरा बचाव कैसे करेंगी?''

''बचाव केवल शस्त्रों से ही नहीं होता। उसके और भी माध्यम हैं।''

''मैं समझा नहीं।''

''मैंने तुम्हें बताया कि मैं एक अन्य ग्रह से पृथ्वी पर आयी हूँ। मेरे पास कुछ ऐसी शक्तियाँ भी हैं, जो पृथ्वी के लोगों के पास नहीं होतीं।...''

''जैसे?''

''समय आने पर बताऊँगी।''

~

विक्रम देख रहा था कि यह महिला अत्यंत निर्भीक है।

वे दोनों एक द्वार से भीतर आये। वहाँ धरती की मिट्टी के स्थान पर भी जल ही था और वायुमंडल न हो कर उसके स्थान पर भी जल ही था। किन्तु

वहाँ कुछ ऐसा अवश्य था, जिससे लगता था कि वहाँ कभी कोई रहता था।

''तुमने कौरव्य, का नाम सुना है।''

''नहीं।''

''वह नागों की एक जाति का राजा था।''

''ये नाग मनुष्य होते हैं या सर्प या हाथी? इस शब्द के तो तीनों अर्थ हो सकते हैं।'' विक्रम ने कहा, ''और यह भी सम्भव है कि यह किसी और ही भाषा का शब्द हो, जिसका प्रयोग हम उसका वास्तविक अर्थ जाने बिना ही कर रहे हैं।''

वरुणपुत्री मुस्कुराई, ''मैं भी अभी तक शोध ही कर रही हूँ। जिन्हें नाग कहा जाता है, उनमें हाथी तो कहीं नहीं हैं। कहीं-कहीं तो वे मनुष्य के रूप में चित्रित हैं। कहीं वे पूरे सर्प हैं, जैसे तक्षक। कहीं नहुष जैसे राजा अजगर का रूप धारण कर भीम के शरीर को पूरी तरह जकड़ लेते हैं अर्थात् थे तो वे मनुष्य ही किन्तु उस समय अजगर के रूप में प्रकट हुए थे। अपनी इच्छा से नहीं, ऋषियों के शाप से। अब बताओ। हम उन्हें क्या मानें। शेषनाग भी तो नाग ही हैं; किन्तु उन पर विष्णु शयन करते हैं। कालिय नाग भी पूरी तरह विषाक्त नाग है; किन्तु उसकी पत्नियाँ भी हैं, जैसे मनुष्यों में होती हैं। उसका परिवार भी होगा ही। उस सर्प के फन पर कृष्ण नाचते हैं और फिर उनके कहने पर कालिय, दह को छोड़ कर कहीं और चला जाता है।...वैसे किसी और भाषा के शब्द होने के संदर्भ में मैंने कभी सोचा नहीं है।''

''आप कौरय के विषय में कुछ कह रही थीं।''

''वह नागों की एक जाति का राजा था। उसकी एक पुत्री थी उलूपी, जिसने अर्जुन से विवाह किया था।''

''तो वह सर्प रूपी नागिन तो नहीं रही होगी, नहीं तो अर्जुन उससे विवाह कैसे कर लेता? कोई मनुष्य किसी नागिन के साथ अपनी गृहस्थी कैसे बसा सकता है।''

''इतना ही नहीं। उनका एक पुत्र भी था।''

''तो वह नाग कहलाने वाली किसी जाति की स्त्री रही होगी; किन्तु होगी वह स्त्री ही।''

''सम्भव है।'' वरुणपुत्री बोलीं, ''कहा यह जाता है कि हरिद्वार क्षेत्र में उलूपी से अर्जुन की भेंट हुई। उलूपी उस पर मुग्ध हो गयी। जब अर्जुन ने उसके प्रेमालाप में कोई रुचि नहीं दिखाई तो उसने उसके क्षत्रियत्व को ललकारा।''

''क्या उससे युद्ध किया?''

''नहीं। कहा कि एक दुष्ट पापी उसे सता रहा है। क्षत्रिय के रूप में अर्जुन का कर्तव्य है कि वह उस दुष्ट से उलूपी की रक्षा करे।''

''कौन था वह दुष्ट?''

''कामदेव।'' वरुणपुत्री ने कहा, ''उलूपी अर्जुन को गंगा में घसीट ले गयी और वहाँ से जल-मार्ग से वह पाताल लोक पहुँच गयी।''

''यह पाताल लोक कहाँ है?'' विक्रम बोला, ''हम आकाश, पाताल और पृथ्वी सुनते तो आये हैं किन्तु यह पाताल है कहाँ?''

''वे लोग गंगा के मार्ग से गये।'' वरुणपुत्री ने कहा, ''तो गंगा में तो पाताल नहीं है। गंगा समुद्र में मिल जाती है। समुद्र के तट तक जाकर बाहर निकल जाओ तो फिर पृथ्वी ही मिलेगी। तो पाताल कहाँ हुआ?''

''हम पृथ्वी के गोलार्द्ध के ऊपर बसते हैं। तो यदि पाताल है तो पृथ्वी के निचले गोलार्द्ध में ही कहीं होगा। पृथ्वी के गोले के नीचे तो नहीं होगा। वहाँ तो वायुमंडल है और फिर अन्तरिक्ष आरंभ हो जाता है।...'' वह रुका, ''मैंने सुना है कि पाताल में दैत्य रहते हैं।''

''बहुत कुछ सम्भव है। बहुत सम्भव है कि जब यहाँ समुद्र नहीं था, तब यहाँ दैत्य जातियाँ रहती हों और समुद्र ने आगे बढ़ उन्हें यहाँ से विस्थापित कर दिया हो।'' वरुणपुत्री बोलीं, ''किन्तु मेरा विचार है कि हम इस समय जहाँ हैं, यही पाताल होना चाहिए। उन पहाड़ियों पर प्रकृति द्वारा नहीं, मनुष्य जैसे किन्हीं जीवों के द्वारा बसाये गये नगर का आभास होता है।''

''किन्तु कौरव्य तो नाग था, दैत्य नहीं।''

''कह नहीं सकती। कथा तो यही कहती है कि उलूपी अर्जुन को जल मार्ग से पाताल में लाई थी। वहाँ नागराज कौरव्य का महल था। सुख-सुविधाओं का सारा सामान था, जैसा कि राजप्रासादों में होता है। कौरव्य कहीं अन्यत्र गया हुआ था। उन्होंने कौरव्य के आने तक का समय वहाँ व्यतीत किया। उलूपी

ने गर्भ धारण किया। किन्तु यह सब कुछ कौरव्य से गुप्त रखा गया। इसका अर्थ यह है कि उलूपी सर्पिणी हो या न हो; किन्तु वे लोग पांडवों के समान मनुष्य नहीं थे। वे किसी अन्य जाति के थे। इसी पृथ्वी के किसी ऐसे भाग के वासी थे, जहाँ मनुष्यों से कुछ भिन्नता पायी जाती थी। मनुष्यों में भी अनेक जातियाँ हैं और वे परस्पर एक-दूसरे को अपने शत्रु मानते हैं। वे एक-दूसरे से भयभीत हैं।...या फिर वे किसी और लोक से आये हुए जीव थे।''

''इस अन्य लोक की बात मैं फिर सुनूँगा किन्तु मैं जानना चाहता हूँ कि उलूपी कभी हस्तिनापुर या इंद्रप्रस्थ आयी या नहीं ?''

''नहीं। न उलूपी कभी अपने ससुराल आयी, न चित्रांगदा। चित्रांगदा का विवाह उसके पिता की इच्छा से ही हुआ था। वह अपने पिता को अकेला नहीं छोड़ना चाहती थी। इसलिए वह मणिपुर में ही रही। जैसे इंदिरा गाँधी दो पुत्र होने पर भी अपने पति के साथ न रहकर अपने पिता के साथ ही रही। चित्रांगदा का पुत्र बभ्रुवाहन ही मणिपुर के राजसिंहासन का उत्तराधिकारी भी था। किन्तु उलूपी के इंद्रप्रस्थ न आने का एक ही कारण हो सकता है कि यह विवाह कौरव्य की इच्छा से नहीं हुआ था। वह अपने मोह के कारण उलूपी और उसके पुत्र अरिवहन का तो कुछ नहीं बिगाड़ पाया; किन्तु अवसर की प्रतीक्षा करता रहा और अन्तत: जब उसे ज्ञात हुआ कि अर्जुन दिग्विजय के लिए मणिपुर भी जायेगा तो उसने बभ्रुवाहन को अर्जुन के विरुद्ध खड़ा किया और उसे वह शस्त्र और मंत्र भी दिया, जिससे वह अर्जुन की हत्या कर सके। बभ्रुवाहन अपने पिता से प्रेम तो करता था; किन्तु अपनी मातृभूमि को पराजित होते नहीं देख सकता था। अत: उसने अर्जुन से युद्ध किया और कौरव्य के दिए मंत्र और यंत्र की सहायता से अर्जुन का वध कर दिया...''

''वध कर दिया ? चित्रांगदा ने उसे क्यों नहीं रोका ?''

''कहा तो यही जाता है; किन्तु वह वास्तविक वध नहीं था; नहीं तो अर्जुन पुन: कैसे जीवित हो जाता।'' वरुणपुत्री ने कहा, ''चित्रांगदा ने क्यों नहीं रोका, मैं नहीं जानती; किन्तु उलूपी अपने पिता के मन को अच्छी तरह जानती थी...उसे ज्ञात था कि उसके पिता क्या कर रहे हैं। अत: उसने अरिवहन के

माध्यम से वह औषध भी बभ्रुवाहन के पास वहाँ पहुँचा दी, जिसकी सहायता से अर्जुन पुन: जीवित हो उठा। यह भी सम्भव है कि वह औषधि चित्रांगदा को दी गयी हो और उसी ने अर्जुन के प्राण बचाए हों।''

''तो आपका विचार है कि हम जहाँ खड़े हैं, यह कौरव्य का महल है?''

''मेरा अनुमान है कि यह उसी का महल है और यदि नहीं है तो फिर यह किसी दैत्य-जाति की नगरी रही होगी। समुद्र के भीतर, जाने ऐसे कितने संसार हैं, जिनका इतिहास भी मनुष्य को मालूम नहीं है।...आओ, इस नगरी को देखें...''

विक्रम देखता रहा। वहाँ अनेक कक्ष थे। आकार में छोटे थे। ऊँचाई भी कम थी। एक पहाड़ी को तराशा गया था और तब इसे गढ़ा गया था। इससे बड़े कक्ष बनाए भी नहीं जा सकते थे। अत: वे दैत्यों की तुलना में, नागों के नगर ही अधिक लगते थे। शिलाओं को काट कर कक्ष में गवाक्ष और द्वार बनाए गये थे और शिलाओं के ही पलंग और सिंहासन बने थे। कुछ भी बाहर से नहीं लाया गया था, जो कुछ वहाँ विद्यमान था, उसी का लाभ उठाया गया था। सम्भवत: इन सबका निर्माण तब किया गया था, जब वहाँ समुद्र नहीं, पहाड़ियाँ थीं।...जाने कौरव्य की कितनी पीढ़ियाँ यहाँ रही थीं।

''यहाँ तो हम बिना किसी उपस्कार, साज-सामान, बिना मेज़-कुर्सियों और पलंगों के रह सकते हैं,'' विक्रम ने कहा।

''किन्तु यहाँ पड़ौस में किसी पंसारी की दुकान नहीं है, जहाँ से रसोई के लिए आवश्यकतानुसार सामान खरीदा जा सके। न कोई ढाबा है, जहाँ से खाना मँगाया जा सके।'' वरुणपुत्री हँसीं, ''कच्ची मछलियाँ ही खानी होंगी या फिर केकड़े।''

''जापानी लोग खाते हैं न - सूषी।''

''विवाह भी किसी मछली से करोगे? अथवा सर्पिणी से?''

विक्रम ने वरुणपुत्री की ओर देखा, वे परिहास ही कर रही थीं; किन्तु वह गंभीर था, ''विवाह जीवन का अनिवार्य तत्व है क्या?''

''नहीं। मेरा विचार है कि तुम विवाह नहीं करोगे। धरती की किसी पुत्री की ओर आकृष्ट भी नहीं होगे।''

‘‘आप ज्योतिषी हैं क्या ?’’

‘‘नहीं। इस वक्तव्य का कारण मेरा सामान्य ज्ञान है। तुम्हें धन और सत्ता का लोभ भी नहीं होगा। तुम्हारे पिता का सारा धन उस मत्स्यकन्या के पुत्रों को ही मिलने वाला है।’’

‘‘आप यह सब किस आधार पर कह रही हैं ?’’

‘‘तुम्हारे कपाल पर लिखा है यह सब।’’

‘‘जब कभी भी मैंने विवाह न करने की बात कही है, लोग पूछने लगते हैं कि यदि सब ही लोग अविवाहित रहेंगे तो संसार कैसे चलेगा ?’’

‘‘बताओ, कैसे चलेगा ?’’

‘‘संसार को चलाने का दायित्व मेरा नहीं है।’’

‘‘अर्थात् यह संसार समाप्त हो जाये तो तुम्हें कोई कष्ट नहीं होगा ?’’

विक्रम मौन रहा। वरुणपुत्री को देखता रहा। फिर बोला, ‘‘नहीं। मैं यह तो नहीं चाहता कि संसार समाप्त हो जाये। संसार अपने आप में एक सुंदर संस्था है। ऐसी कोई सम्भावना देखकर मेरा मन जैसे अवसाद में डूब जाता है। लगता है कि संसार का थोड़ा-सा तत्व मेरे भीतर भी है।’’

‘‘अवसाद दूर करने के लिए क्या करते हो ?’’

‘‘क्या कर सकता हूँ।’’ विक्रम थोड़ी देर मौन रहा, ‘‘देखता रहता हूँ कि लोग समाज को खंड-खंड ही नहीं कर रहे, उन खंडों को एक-दूसरे के विरुद्ध खड़ा कर रहे हैं। एक समाज, एक पंथ दूसरे को समाप्त कर देना चाहता है। वह समझता है कि वह दूसरों को समाप्त कर स्वयं सदा के लिए अमर हो जायेगा।’’

‘‘तुमने बहुत ही सुंदर बात कही है। दूसरों से व्यवहार करते समय वे यह भूल जाते हैं कि भविष्य में उनके साथ भी वही व्यवहार हो सकता है।’’ वरुणपुत्री कुछ उदास थीं, ‘‘बहुत सीमित ही नहीं संकीर्ण समझ के लोग हैं वे। वे जानते ही नहीं हैं कि सृष्टि कितनी विराट है और उसमें कहाँ-कहाँ क्या-क्या घटित हो रहा है। वे सत्य को खोजना भी नहीं चाहते। शैशव से ही जो कुछ उन्हें रटा दिया गया है, उसे ही चरम सत्य मान कर उसी के अनुसार जी रहे हैं। आत्मरक्षा का भाव तो प्रकृति ने ही उनके स्वभाव में संचित कर

रखा है; किन्तु हत्या, अत्याचार और डकैती का फल पुण्य कैसे हो सकता है ? चाहे उसका उपदेश किसी ने भी दिया हो।''

''वह तो मैं नहीं जानता; किन्तु यदि किसी आकाशगंगा के किसी ग्रह पर कुछ हो रहा है, तो उसका हम पर क्या प्रभाव पड़ेगा ?''

''बताऊँगी। अभी अपनी पृथ्वी को ही देखो। धरती के गर्भ में कोई क्रिया होती है तो वह ज्वालामुखी के रूप में फूटती है। समुद्र की गहराई में कहीं कोई भँवर उठता है तो वह सहस्रों मीलों तक धरती के प्राणियों को त्रस्त करता है। क्या इन सूक्ष्म क्रियाओं का कारण किसी आकाशगंगा में हुई, कोई हलचल नहीं हो सकती ?''

विक्रम सोचता रह गया।

3

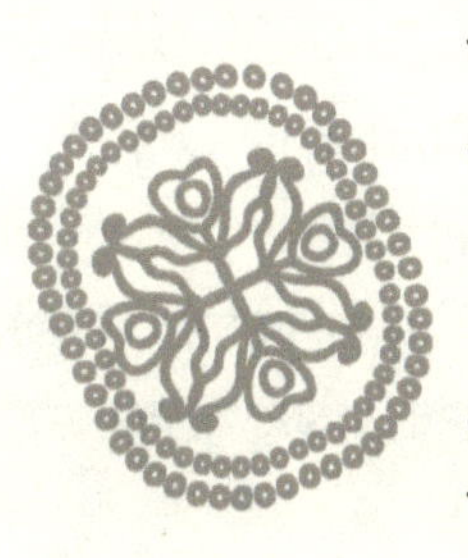

वे उस प्रासाद से ही नहीं नगर से भी बाहर निकल आये थे।

''यहाँ कच्छ की खाड़ी का अन्त हो जाता है।''

विक्रम ने देखा, वे समुद्र से बाहर निकल आये थे। जल की सीमा समाप्त हो रही थी और रेत का समुद्र आरंभ हो गया था। किसी भी साधारण सागर-तट के समान वह भी एक तट था; किन्तु वे द्वारका के निकट नहीं थे। जहाँ से उसने समुद्र में प्रवेश किया था, वह स्थान जाने कहाँ था।

जल से पूरी तरह निकल आने और रेत पर पैर रखने से पहले वरुणपुत्री रुक गयीं। उन्होंने पहले तो खड़े-खड़े ही रेत को ध्यानपूर्वक देखा और फिर वहाँ बैठकर रेत को अपनी अंगुलियों से मसल कर उसका परीक्षण किया। उनके चेहरे का भाव बदल गया। पता नहीं, वे विचारमग्न थीं अथवा चिंताग्रस्त। ''यह रेत यहाँ कैसे आयी?'' उनके मुख से अनायास ही निकला।

विक्रम आश्चर्य से उन्हें देखता रहा और फिर धीरे से बोला, ''क्या बात है? इस रेत में कुछ विशेष है क्या? चमक तो रही है। इसमें सोने का चूर्ण है क्या?''

वरुणपुत्री उठ खड़ी हुईं।

''चमकने वाला हर पदार्थ सोना नहीं होता।...रेत की बात बाद में करेंगे। पहले अमरीका की बात करें...संयुक्त राज्य अमरीका और कनाडा की बात।''

''वह क्यों?''

''बताती हूँ।''

विक्रम उनकी ओर देखता रहा। वे अब भी रेत को घूर ही नहीं रही थीं अपने दाहिने पैर के अंगूठे से उसे कुरेद और मसल भी रही थीं।

''तुम जानते हो कि जब लोग यूरोप तथा अन्य महाद्वीपों से अमरीका और कनाडा में आये थे, तब वहाँ जो मूल निवासी थे, उन्हें यूरोप के लोगों ने रेड इंडियन कहा था; जबकि भारत से उनका कुछ भी सम्बन्ध नहीं था।''

''जी।''

''उनकी संख्या क्या रही होगी?''

''कह नहीं सकता। याद नहीं कि कभी इस विषय में पढ़ा हो। पढ़ा भी हो तो स्मरण नहीं है। मुझे संख्याएँ स्मरण नहीं रहतीं।''

''कोई बात नहीं। मैं न तो तुम्हारी गणित की अध्यापिका हूँ, न भूगोल की।'' वे बोलीं, ''ठीक-ठीक तो मैं भी नहीं जानती, किन्तु उनकी संख्या करोड़ों में नहीं तो लाखों में तो रही ही होगी।''

''जी। सम्भवत: आप ठीक कह रही हैं।''

''अब कितनी है?''

''अब तो वे कहीं दिखाई ही नहीं पड़ते।'' विक्रम बोला, ''कहते हैं कि वे कहीं-कहीं अपनी बस्तियों में रहते हैं, जहाँ उनका अपना शासन है। शासन...'' वह हँसा, ''संसार को भ्रमित करने के लिए, अमरीका के लोग उनकी ग्राम पंचायत को स्वतंत्र गणराज्य कहते हैं।''

''हाँ। उनके स्वतंत्र गणराज्य हैं। किन्तु वे लाखों की जनसंख्या कहाँ गयी?''

''मारी गयी।''

''आज अमरीकी कहते हैं कि वे सब बन्दूक की गोली से नहीं मारे गये, वे महामारियों से स्वयं ही मर गये; क्योंकि उनमें इन नए रोगों से बचने के लिए प्रतिरोधक शक्ति नहीं थी। ये महामारियाँ यूरोप से आयीं। अधिकांशत: स्पेनवाले लाए। उन मूल निवासियों के पास चेचक और हैजा तथा उस प्रकार के रोगों से स्वयं को बचाने का कोई माध्यम अथवा साधन नहीं था। उनके शरीर में वैसे प्रतिरोधक कीटाणु भी नहीं थे। महामारी से तो वे मरे ही; किन्तु

यूरोपीय लोगों ने यह जानने के पश्चात् कि चेचक उनके लिए कितना घातक रोग है, जानबूझकर उनकी सहायता के नाम पर चेचक तथा उसके समान रोगों के कीटाणुओं से लिप्त कंबल आदि भी उन लोगों में बँटवाये। यह एक प्रकार का कीटाणु युद्ध था।''

''चेचक से यूरोप के लोग नहीं मरे, मूल निवासी मर गये।''

''प्रकृति ने ऐसा बहुत कुछ बनाया है...उसमें रोग भी हैं और रोगाणु भी, विष भी हैं, वायरस भी हैं। उन रोगाणुओं से लड़ने के लिए विरोधी जीवाणु और वायरस भी हमारे शरीर में होते हैं। ऐसा समझ लो कि हमारे शरीर में जो वायरस हैं, हमारे शरीर और अस्तित्व का अंग हैं। वे हमारे शरीर के रक्षक हैं। दुर्ग के भीतर से लड़ने वाले सिपाही। वे बाहरी आक्रमणकारी वायरस से हमें बचाते हैं। वे हमारे रक्षक हैं। हमारे सिपाही हैं। स्पेन तथा यूरोप के दूसरे देशों से आये लोग अपने साथ वे जीवाणु और वायरस लाए, जिनके प्रतिरोधक वायरस स्थानीय लोगों में नहीं थे। अत: वे उन विषाक्त जीवाणुओं से अपने जीवन की रक्षा नहीं कर पाए।...'' वरुणपुत्री ने मौन होकर विक्रम को देखा, ''किसी एक रोग या कीटाणु के नाम पर ही हम निर्भर नहीं रह सकते। किन्तु यूरोप के 'चेचक' और 'प्लेग' या 'ताऊन' जैसे कई रोगों की बात सुनने में आती है। *गन्स, जर्म्स एण्ड स्टील* नामक एक पुस्तक भी है—जिसमें इस प्रकार की जानकारी दी गयी है।'' वरुणपुत्री ने कहा, ''कहना कठिन है कि यह पुस्तक तथ्यों पर आधारित है या अमरीकियों ने अपना कलंक धोने के लिए ऐसे सिद्धांत गढ़े हैं।...ऐसे काम करने में वे लोग बहुत दक्ष हैं।

''वैसे यह सत्य है कि शिकागो के पास लेक मिशिगन में कुछ ऐसी मछलियाँ भी हैं जो कि बाहर से लाई गयी थीं और अब वहाँ की स्थानीय प्रजातियों पर भारी पड़ रही हैं। कुछ दिनों में स्थानीय प्रजातियाँ समाप्त हो जायेंगी। हाल ही में फ्लोरिडा में बर्मीज़ अजगरों के बारे में भी एक कार्यक्रम देखा था। लोगों ने ये सांप पालतू जानवरों के रूप में रखे थे, और कुछ समय बाद जब उनसे सँभाले नहीं गये, तो लोग उन्हें खुले में बाहर, जंगल में छोड़ आये। किन्तु उन अजगरों को मारने या शिकार करने वाला कोई और जीव वहाँ है नहीं। इसलिए उनकी संख्या रोके नहीं रुक रही है और वे अनेक पक्षियों

के घोंसले नष्ट करते रहते हैं।

''मैं कैनेडा के विक्टोरिया क्षेत्र में अपनी एक सखी से मिलने गयी थी। उसके पति वन-विभाग में काम करते थे। वे हमें वन घुमाने ले गये। उसी समय उन्होंने एक विशेष प्रजाति की वनस्पति दिखाई, 'इसे देखो।' 'क्या है इसमें? एक कुरूप-सा पौधा है।' 'ठीक कह रही हो।' उनका स्वर बोझिल हो गया, 'यूरोप का कोई सैलानी इसे यहाँ ले आया और कहीं बो दिया। इसने जड़ पकड़ ली और अमरबेल के समान बढ़ने लगा। परिणाम यह है कि यह वनस्पति की किसी भी अन्य प्रजाति को बढ़ने ही नहीं देता। हत्यारा पौधा है यह। जब से इसके विनाशक रूप का पता चला है, हमारी सरकार युद्ध-स्तर पर इससे लड़ रही है। हम इसे उखाड़ कर जला देते हैं, फिर भी यह कहीं न कहीं से प्रकट हो जाता है। हमारे इतने विशाल वन, इस पौधे से भयभीत हैं। हम अपने वनस्पति संप्रदाय को बचाने के लिए, इसे नष्ट करने पर लाखों डॉलर खर्च कर रहे हैं।'...''

''किन्तु आप मुझे यह सब क्यों बता रही हैं?'' विक्रम ने पूछा।

''इस रेत के कारण।'' वरुणपुत्री हँसी।

''इस रेत का अमरीका के मूल निवासियों की मृत्यु से क्या सम्बन्ध है? उस हत्यारी घास से क्या लेना-देना है?''

''है। पहले मेरी पूरी बात सुन लो।'' वे रुकीं, ''मनुष्य के शरीर के ये नियम वनस्पति पर भी लागू होते हैं। एक स्थान पर एक विशेष प्रकार की मिट्टी और जलवायु होती है, जिनके कारण वहाँ एक विशेष प्रकार की वनस्पति उत्पन्न होती है।...''

विक्रम के चेहरे पर असमंजस के भाव देखकर वरुणपुत्री ने कहा, ''सागर-तट पर नारियल का वृक्ष उत्पन्न होता है, हिमालय पर नहीं होता। हिमालय पर देवदारु होता है, सागर-तट पर क्यों नहीं होता? इसे भी स्थानीय और विदेशी निवासी के रूप में समझो। जब कभी किसी और स्थान से मिट्टी अथवा ऐसी वनस्पति वहाँ आ जाती है, जो वहाँ की वनस्पति के अनुकूल नहीं है और एक प्रकार से उनके लिए विषाक्त है, वहाँ अपनी जड़ जमा लेती है, उसे आक्रामक वनस्पति कहते हैं। वह उजाड़ू और उजाड़ू है। स्थानीय

वनस्पति...वह कभी-कभी स्थानीय वनस्पति के लिए वैसी ही विषाक्त होती है, जैसे मूल निवासियों के लिए यूरोप के वायरस। ऐसी वनस्पति आक्रामक और विषाक्त होती है। वह न केवल स्थानीय वनस्पति को नष्ट कर देती है, वरन् उस सारे क्षेत्र को ऐसे घेर लेती है कि वहाँ की मिट्टी को इस प्रकार अपने अनुकूल बना लेती है कि उस धरती में और कुछ उत्पन्न ही न हो सके। अन्य प्रकार की वनस्पति के लिए वह धरती विषाक्त हो जाती है। इस रेत को देखो। यह स्थानीय रेत से कुछ भिन्न नहीं है?''

विक्रम ने ध्यान से देखा...

''कुछ भिन्न तो है; किन्तु उसकी भिन्नता का स्वरूप नहीं बता सकता मैं।''

''इसमें हल्का-सा सुनहरापन है और आकार में भी इसके कण कुछ मोटे हैं। यह रेत स्थानीय नहीं है। न ही यह इस पृथ्वी की है। इसे बाहर से लाया गया है।...''

''आप कैसे जानती हैं?''

''क्योंकि मैं जानती हूँ कि यह रेत कहाँ की है और यह भी जानती हूँ कि यह स्थानीय रेत से युद्ध कर रही है। यदि यह क्रम चलता रहा तो स्थानीय रेत समाप्त हो जायेगी और यह रेत सारे सागर-तट पर फैल जायेगी।...''

''अपने आप रेत कैसे फैल जायेगी?'' विक्रम चकित था।

''मरुभूमि फैलती है या नहीं। जिस प्रकार मरुभूमि अपना प्रसार करती है और अपने मार्ग में आने वाली वनस्पति रूपी अवरोधों को समाप्त करती है; क्या उससे तुमको नहीं लगता कि वह किसी चेतन जीव का-सा व्यवहार है? वह सारे जल-स्रोतों और वनस्पति को खा जाती है। उस मिट्टी को, जो उपजाऊ है, नष्ट कर देती है। यह रेत और मिट्टी का युद्ध है। मरुभूमि को रोकने के लिए विभिन्न प्रकार के वृक्ष लगाए जाते हैं। वह एक प्रकार से मरुभूमि और हरीतिमा का युद्ध है। या तो मरुभूमि रुक जायेगी और पीछे हट जायेगी या फिर वहाँ जल और हरियाली का अस्तित्व नहीं रहेगा।''

''हाँ। यह तो मैंने पढ़ा है; किन्तु फिर भी विश्वास करना कठिन हो रहा है कि मरुभूमि की रेत मिट्टी और वनस्पति को खा जाती है।''

''देखना चाहोगे?'' वरुणपुत्री ने पूछा।

''आप दिखा सकती हैं क्या?''

''हाँ। देखो। मैं रेत के कणों को बड़ा नहीं कर सकती किन्तु तुम्हारी दृष्टि को माइक्रोस्कोप के समान सूक्ष्मदर्शी बना सकती हूँ। आओ, देखो।''

वरुणपुत्री विक्रम का हाथ पकड़कर कुछ आगे ले आयीं। अब वे सूखी रेत पर खड़े थे।

''अब ध्यान से इस रेत को देखो।'' विक्रम ने रेत की ओर देखा—रेत के साधारण कण अब वहाँ शस्त्र-सज्जित सैनिकों के समान पंक्तिबद्ध खड़े दिख रहे थे। उनके चेहरे पर मनुष्य के समान नाक, आँखें और कान नहीं थे; किन्तु सिर और धड़ था। हाथ और पैर थे। वे अपने शस्त्र लेकर आगे बढ़ रहे थे। वे पानी की बूँद पर अपने हाथ में पकड़े भाले से प्रहार कर रहे थे। पानी की बूँद जैसे सहायता के लिए पुकार करती हुई वहाँ से भाग रही थी। थोड़ी ही देर में वहाँ पानी की एक बूँद भी नहीं थी। सारी सूखी रेत थी...किन्तु वे सैनिक आगे नहीं बढ़ सके। उनके सामने अब अन्य ग्रह से आयी हुई रेत थी। उसके कण भी सैनिक वेश में थे; किन्तु वे बलिष्ठ थे। उनके शस्त्र बड़े थे। उनके सामने धरती की रेत की सेना टिक नहीं पा रही थी। उसके सैनिक अपने शस्त्र फेंककर पीछे की ओर भागते दिखाई दे रहे थे।

वरुणपुत्री के स्वर ने विक्रम के सामने चलती फ़िल्म की-सी रील कहीं विलुप्त कर दी। वे कह रही थीं, ''यदि अन्य ग्रह से आयी इस रेत की उपस्थिति यहाँ बनी रही तो क्या इस ग्रह पर उसका प्रसार नहीं होगा? उसका परिवार बढ़ेगा नहीं? और वह अपने विरोधी तत्वों को समाप्त नहीं करेगी? ऐसा होगा तो यह प्रक्रिया धरती के लिए कितनी घातक होगी।...यह रेत धरती की वनस्पति को ऐसे चबा जायेगी, जैसे कोई आक्रमणकारी अपने विरोधियों का संहार करता है। तब धरती ऐसा कोई खाद्य पदार्थ उत्पन्न नहीं कर पाएगी, जो धरती के वासी खा सकते हों या खाते हों। इसका प्रभाव परमाणु विस्फोट का सा होगा। ऐसी स्थिति में पृथ्वी या तो बंजर हो जायेगी, कुछ उत्पन्न ही नहीं करेगी या फिर जो कुछ भी उत्पन्न करेगी, वह धरतीवालों के लिए विष होगा। वह गरल होगा उनके लिए। तब धरतीवासी भी भूख और रोगों से वैसे ही मरेंगे, जैसे अमरीका के मूल निवासी मर गये थे।...परमाणु बम के विस्फोट

के पश्चात् हीरोशिमा की धरती कैसी हो गयी है?''

''कहाँ की है यह रेत?'' विक्रम ने पूछा, ''और कौन लाया है इसे यहाँ?''

''यह पहली आकाशगंगा के चौथे ग्रह की रेत है। उस ग्रह को हम ऋ200 कहते हैं। इसके निकट के अनेक ग्रह इससे त्रस्त हैं।'' वरुणपुत्री ने बताया, ''अकस्मात ही या किसी भ्रमवश तो यह उड़ कर वहाँ से यहाँ तक आ नहीं सकती; इसे किसी विशिष्ट उद्देश्य से यहाँ लाया गया है। जिन ग्रहों में ज्ञान अथवा विज्ञान इतना विकसित हो गया है, उन्हें कहीं भी खड्ग, बन्दूक, तोप, बम अथवा मिसाइल से आक्रमण करने की आवश्यकता नहीं है। इसके सामने तो मिसाइल और बम पूर्णत: निरर्थक हैं। बस दो बोरी रेत लाकर डाल देने की आवश्यकता है और फिर परिणाम की प्रतीक्षा करनी है। न कोई आक्रमणकारी घोषित होगा, न कोई हत्या होती दिखाई देगी, न कोई दोषी होगा, न पापी; और बात की बात में आक्रमणकारी इस पूरे ग्रह को जय कर लेंगे।...''

''इसमें न व्यक्ति किसी व्यक्ति से लड़ रहा है, न राज्य राज्य से, न राष्ट्र राष्ट्र से न कोई धार्मिक पंथ किसी अन्य पंथ से।...और फिर भी पूरा ग्रह हार जाता है या जीत लिया जाता है,'' विक्रम ने कहा।

''हाँ अब युद्ध का रूप बदल गया है। पृथ्वीवाले अभी आदिम युग के युद्ध कर रहे हैं। उन्हें पता नहीं है कि कब और कैसे उनकी धरती में विष घोल दिया जायेगा, कब उनका जल उनके लिए गरल हो जायेगा, कब उनके वायुमंडल में ऑक्सीजन कम कर दी जायेगी और वे साँस नहीं ले पायेंगे। अब तो युद्ध ग्रहों के धरातल पर होंगे और महाकाल उनका आयुध होगा।...इसीलिए अनेक ग्रहों के लोग, दूसरे ग्रहों पर अधिकार जमा कर उन्हें अपने रहने योग्य उपनिवेश बनाने का प्रयत्न कर रहे हैं।''

विक्रम भौंचक्का सा मौन खड़ा रह गया, ''आप यह सब कैसे जानती हैं?''

''मैंने तुम्हें बताया न कि मैं पृथ्वी की वासी नहीं हूँ, मैं एक अन्य ही आकाशगंगा के एक ग्रह से आयी हूँ, जिसका अभी तुम लोगों को ज्ञान भी नहीं है।'' वरुणपुत्री ने कहा, ''पृथ्वी का वैज्ञानिक गणना तो नहीं ही कर सकता, उसकी कल्पना भी नहीं कर सकता कि सृष्टि में कितनी आकाशगंगाएँ हैं और एक-एक आकाशगंगा में कितने ग्रह, नक्षत्र और तारे हैं। उन सब में जीवन

और जीव वैसा नहीं है, जैसा पृथ्वी पर है। जीवन किसी एक रूप में ही नहीं है; किन्तु जीवन सब ग्रहों में है। तुम लोग अभी खोज रहे हो कि कहाँ-कहाँ ऑक्सीजन है, कहाँ-कहाँ जल है; किन्तु तुम यह कल्पना नहीं कर सकते हो कि जीवन उनके बिना भी होता है, हो सकता है।''

''ऐसा नहीं है क्या?''

''अभी तुमने स्वयं ही देखा है कि सृष्टि में एक व्यक्ति के भीतर ऐसे वायरस हैं, जो दूसरा व्यक्ति सहन भी नहीं कर सकता। व्यक्ति कुछ भी नहीं करता और वे वायरस सहस्रों की संख्या में अन्य लोगों को मार देते हैं। एक वनस्पति के सम्पर्क में आते ही दूसरी वनस्पति नष्ट होने लगती है। तुम जानते हो कि एक वृक्ष वायुमंडल में से कार्बन डाइऑक्साइड लेकर, उसमें से कार्बन को अपने भोजन के लिए अलग कर ऑक्सीजन छोड़ देता है...''

''जानता हूँ।''

''अब एक ऐसे वृक्ष की कल्पना करो जो कार्बन के स्थान पर ऑक्सीजन से अपना खाना बनाने का काम लेता है और कार्बन को नि:श्वास के रूप में छोड़ देता है...''

''ऐसा कोई वृक्ष है ही नहीं।'' वरुणपुत्री हँसीं, ''तुम्हारा ज्ञान बहुत सीमित है पुत्र। तुम्हारा ही नहीं, तुम्हारे वैज्ञानिकों का ज्ञान भी अभी अल्पविकसित अवस्था में है। क्या तुम कल्पना कर सकते हो कि इस सृष्टि के किसी गोले का वायुमंडल उन गैसों का बना है, जिनका तुम नाम भी नहीं जानते। क्या तुम कल्पना कर सकते हो कि कोई गोला केवल वायु से ही बना है। उसमें मिट्टी है ही नहीं। अपने सौरमंडल को तो जानते ही हो। सूर्य गैसों का जलता हुआ गोला है और वे गैसें जलकर समाप्त नहीं होतीं। वे एक चक्र के रूप में जली हुई गैस को पुन: प्राप्त कर लेता है। फ़्यूज़न और डिफ़्यूज़न की क्रिया-प्रतिक्रिया चलती रहती है।...'' वे रुकीं, ''यदि कुछ ऐसे वृक्ष लाकर पृथ्वी के किसी अज्ञात स्थान पर लगा दिये जायें तो वे अपने आप वायुमंडल में ऑक्सीजन की मात्रा कम कर देंगे और पृथ्वी के जीव स्वयं ही मरने लगेंगे।''

''वह ठीक है किन्तु अब इस रेत का हम क्या करेंगे? यह यहाँ रही तो अपना प्रसार भी करेगी और हमारी धरती को नष्ट भी करेगी। समुद्र में

फेंक दें ?''

''ऐसी भूल कभी मत करना। यदि ऐसा किया तो समुद्र का तल इस रेत जैसा ही हो जायेगा। समुद्र का तल बंजर हो जायेगा तो समुद्र में बसने वाले संसार का क्या होगा ?'' वरुणपुत्री बोलीं, ''नहीं, इसे वापस इसके मूल स्थान पर ही पहुँचाना होगा।''

''कौन पहुँचाएगा, जबकि कोई इसके विषय में कुछ जानता ही नहीं है ?''

''मैं।''

''आप हमारी पृथ्वी के लिए यह क्यों करेंगी ?''

''क्योंकि यहाँ तुम रहते हो।''

विक्रम स्तब्ध रह गया...उसके प्रति इतना लगाव है वरुणपुत्री को। क्यों ? ऐसे ही तो कोई किसी के लिए इतना कष्ट नहीं करता। इसमें कोई रहस्य अवश्य है।

''आप मेरे लिए, केवल मेरे लिए, अकेले मेरे लिए इस ग्रह की रक्षा करना चाहती हैं। क्यों ?''

''तुमने जीवों की मैत्री और शत्रुता के कितने ही उदाहरण देख लिए हैं। यदि ज्योतिषशास्त्र पढ़ोगे तो उसमें भी देखोगे कि अनेक ग्रह मित्र हैं और अनेक शत्रु। वह कपोल कल्पना नहीं है। जैसे यूरोप के लोग और वनस्पति अमरीका के मूल निवासियों और वनस्पति के लिए मृत्यु बनकर आये, वैसे ही अनेक ग्रहों के निवासी अन्य ग्रहों के लिए शत्रु ही नहीं, मृत्यु भी हैं।'' वरुणपुत्री ने कहा, ''अभी मैंने तुम्हें यहाँ पड़ी थोड़ी रेत दिखाई है। सम्भव है कि लानेवाला एक मुट्ठी रेत ही लाया हो। अब वह एक बोरी भर हो चुकी है। वह एक बोरी रेत अपना समय लेकर पृथ्वी को नष्ट कर देगी। कल्पना करो कि उस ग्रह के कुछ लोग और वहाँ की वनस्पति यहाँ आ जाये तो यहाँ कैसा विनाश छा जायेगा।...और लगता है कि वे लोग उसकी तैयारी में ही नहीं हैं, वे उस प्रक्रिया को आरंभ कर चुके हैं।''

''बात पृथ्वी को बचाने की थी।''

''मेरे पास कोई निश्चित सूचना नहीं है; किन्तु मैं जानती हूँ कि अनेक ग्रह पृथ्वी को अपने अनुकूल बनाने के लिए वर्तमान पृथ्वीवासियों को नष्ट

कर ग्रह को अपने अनुकूल बनाना चाहते हैं। उसका एक उदाहरण यह रेत की बोरी है। यह किसी लक्ष्य के लिए ही यहाँ लाकर डाली गयी है। हमें ऐसे संघर्ष और ऐसे षड्यंत्र के प्रति सावधान रहना होगा।''

''किन्तु आप मुझे क्यों बचाना चाहती हैं।''

''मानवता के नाते'' वरुणपुत्री ज़ोर से हँसीं, और फिर गंभीर हो गयीं, ''सत्य बता दूँ? मेरा विश्वास कर लोगे ?''

''क्यों नहीं। अभी तक करता तो आया हूँ। आपके कहने मात्र से समुद्र में डूबने का भय त्याग कर मैं आपके साथ समुद्र में प्रवेश कर गया।''

''तो सत्य यह है पुत्र कि मैं ही तुम्हारी जननी हूँ।'' विक्रम की आँखें फटी की फटी रह गयीं, ''आप मेरी जननी हैं? इतनी सुंदर, इतनी भव्य, इतनी पवित्र।''

''विश्वास नहीं हुआ न ।'' वरुणपुत्री ने कहा, ''एक रहस्य और बताती हूँ। जब दो अनुकूल ग्रहों के किसी स्त्री-पुरुष के मिलन से संतान का जन्म होता है, तो उनमें कुछ असाधारण शक्तियाँ भी आ जाती हैं, जो सामान्यत: वहाँ के निवासियों में नहीं होतीं ।...सागर में ले जाते समय मैंने तुम्हारे नाक और मुख पर हाथ फेरा था, वह नाटक केवल तुम्हें संतुष्ट करने के लिए था; अन्यथा तुम्हारा निर्माण ही ऐसा हुआ है कि तुम धरती, जल और वायुमंडल में सुविधापूर्वक जीवित ही नहीं, स्वस्थ भी रह सकते हो। यह क्षमता और किसी मानव-संतान में नहीं होगी।''

''आप मेरी माँ हैं और अपने पिता को मैं जानता हूँ। तो आप दोनों पति-पत्नी हैं ?''

''थे। तुम्हारे जन्म के समय हम पति-पत्नी थे।'' वरुणपुत्री ने कहा, ''तुम्हारे जन्म के पश्चात् के समय से ही हममें कुछ मतभेद हो गये। हम दोनों अलग हो गये। एक-दूसरे से मुक्त हो गये।''

''कारण ?''

''कारण तो अनेक हैं; किन्तु बड़ा कारण यह था कि मुझे अपने ग्रह से निरंतर संदेश मिल रहे थे कि सुरक्षा कारणों से वहाँ मेरी आवश्यकता थी। मैं तुम्हारे पिता को बता नहीं सकती थी कि मैं कौन हूँ, कहाँ से आयी हूँ और

क्यों वापस जाना चाहती हूँ। वे भी यह सब जानने को आतुर नहीं थे। मैं तुम्हें अपने साथ अपने ग्रह पर नहीं ले जा सकती थी। तुम्हारे पिता मुझे इसकी अनुमति नहीं देते। वैसे भी तुम्हारे शरीर की संरचना ऐसी नहीं थी कि तुम मेरे ग्रह में जीवित रह सकते।''

''वे नहीं जानते थे कि आप कौन हैं और कहाँ से आयी हैं?''

''नहीं।''

''उन्होंने कभी पूछा नहीं?''

''नहीं। पूछना उनके स्वभाव में नहीं है। वे मुझे पाकर संतुष्ट थे। उन्हें मेरे माता-पिता और परिवार के विषय में जानकर क्या करना था।''

''तो आप लोग मिले कहाँ थे? परिचय कैसे हुआ? किसी वैज्ञानिक प्रयोगशाला में तो आपका आमना-सामना हुआ नहीं होगा। पिताजी ने आप से कुछ नहीं पूछा?''

''नहीं। उन्होंने कुछ नहीं पूछा। उन दिनों मैं पृथ्वी पर आयी हुई थी।...''

~

वरुणपुत्री के मन में जैसे वह काल जीवंत रूप में आकर बैठ गया था। वह वापस उसी काल में जा पहुँची थीं।

...शांति-प्रिय, शांत और सुखी था, हमारा ग्रह। उत्तर से दक्षिण और पूर्व से पश्चिम तक विभिन्न प्रकार के लोग शताब्दियों से बिना किसी वैमनस्य के रह रहे थे। वे एक-दूसरे की प्रगति में सहायक थे।

और सहसा ही जाने क्या हो गया कि एक व्यक्ति के मन में विकार उठा। कुछ लोग उसे उसकी महत्वाकांक्षा भी मानते हैं। वैसे वह प्रकृति की एक लहर थी जो उसके माध्यम से प्रकट हुई थी। वह नेता बन गया और उसने अपने आस-पास के लोगों को अपना अनुयायी बना लिया। वह ग्रह की अन्य जातियों का शत्रु बन गया। वह चाहता था कि अन्य जातियों के लोग उसके दास बन कर रहें, या वह ग्रह छोड़ दें। वह अपने अनुयायियों से इतर किसी भी जाति या समाज को सहन नहीं कर सकता था। यदि उसकी बात

स्वीकार्य न हो, तो उसको और उसके अनुयायियों को अलग कर दें। उसे अपने ग्रह की एकता और अखंडता प्रिय नहीं थी। ग्रह में एक केन्द्रीय शासन उसे पसंद नहीं था। उसकी महत्वाकांक्षा इतनी बढ़ी कि उसने अपना स्वतंत्र देश और स्वतंत्र शासन स्थापित करने का आंदोलन आरंभ कर दिया।...एक स्थान से विभाजन का स्वर उठा और फिर वह स्वर स्थान-स्थान से उठने लगा। वह महामारी के समान फैल गया। अपनी बात मनवाने के लिए समाज के अन्य समूहों पर आक्रमण होने लगे। वे चाहते थे कि उनके सिवाय और कोई समूह इस ग्रह पर न रहे। ग्रह छोड़ें नहीं तो मरने के लिए तैयार रहें। उस कट्टरतावादी वातावरण में प्रेम, शांति अथवा संवाद के लिए कोई अवकाश ही नहीं था। अपनी रक्षा के लिए दूसरे समूह भी सक्रिय हो उठे। उपद्रवों और दंगों के समाचार आने लगे। कहीं आग लगी थी, कहीं हत्या हो गयी थी। पुलिस या तो असहाय हो गयी थी या फिर पक्षपाती हो गयी थी। वह भी विभिन्न वर्गों में बँट गयी थी। कुछ लोग अपने स्वभाव से ही विभाजनप्रिय होते हैं। ग्रह का शासन किसी भी वर्ग से कठोरता का व्यवहार नहीं करना चाहता था। विलग होने की माँग करने वाले समूह उसे शासन की दुर्बलता और भीरुता मान रहे थे। उनका साहस बढ़ता ही जा रहा था। इसलिए उनके आक्रमण व्यापक होते जा रहे थे।

''मैं कुछ भी समझ नहीं पा रही थी; और बाबा कुछ कह नहीं रहे थे। अन्तत: एक दिन बाबा के माथे पर भी चिंता की रेखाएँ दिखने लगीं। उस दिन बहुत कुछ हुआ था। हमारे पड़ौसी अपना घर छोड़कर कहीं चले गये। बाबा कह रहे थे, वे शायद सरकारी कैम्प में चले गये हैं। उपद्रवियों ने पुलिस के कई थानों पर आक्रमण कर दिया था। शस्त्र लूट लिए थे। कई सिपाहियों की हत्या कर दी थी और अनेक भवनों को आग लगा दी थी।

''यह सब क्या है बाबा?'' मैंने पूछा था।

''कुछ नहीं बेटी, शनि का उपद्रव है।''

''शनि, वह हमारे ग्रह के चारों ओर घूमने वाला छोटा सा उपग्रह?''

''नहीं। वैसे उपग्रह तो प्राय: प्रत्येक ग्रह के चारों ओर घूमते हैं। यह सारा विप्लव तो शनिदेव का है। उनकी क्रोध-दृष्टि जहाँ-जहाँ पड़ती है, वहाँ

अशांति का राज्य हो जाता है। तुमने ध्यान दिया होगा कि पिछले दिनों भूचाल भी आये हैं। वर्षा ऐसी हुई है कि बाढ़ का अन्त नहीं है। आकाश से वज्र टूट कर गिरे हैं। यह शनि का ही क्रोध या स्वभाव है। उनका स्थान परिवर्तित होते ही, उपद्रवों का भी स्थान परिवर्तित हो जायेगा। हमारा ग्रह शांत हो जायेगा, पहले के ही समान। यह तो प्रकृति की लीला है।''

''प्रकृति की तो लीला है, किन्तु मेरा तो मन विचलित हो जाता है; और मैं उसे स्थिर नहीं रख पाती हूँ।'' वे थोड़ी देर चुप रहे। फिर बोले,

''यह अग्नि अभी एक और वर्ष तक धधकेगी। उसका प्रकोप विकसित होगा। सूचना मिली है कि हमारे ग्रह की आंतरिक अशांति का लाभ उठाने के लिए कुछ दूसरे ग्रह भी हम पर आक्रमण करने की योजना बना रहे हैं। उन्हें लगता है कि ऐसी स्थिति में हम उनकी सेना को रोक नहीं पायेंगे। उन्हें हमारे ग्रह की भी कुछ देश-विरोधी जातियों से सहायता मिलेगी...कुछ जातियाँ वैमनस्यवश ऐसा करेंगी और कुछ लोभवश। और अन्य ग्रह के विस्तारवादी शासक इस भ्रम में हैं कि वे सुविधा से हमारे ग्रह पर विजय प्राप्त कर लेंगे। हमारा आत्मबल तोड़ने के लिए इस प्रकार के समाचार जान-बूझकर प्रचारित किए जा रहे हैं।'' बाबा ने मेरी ओर देखा, ''तुमने इतिहास तो पढ़ा ही है।''

''जी बाबा।''

''इतिहास में कभी कोई काल ऐसा भी आया है, जब सारी सृष्टि में पूर्ण शांति रही हो?'' मैं सोचती रही और फिर बोली, ''शायद नहीं, बाबा।''

''तो बेटी, प्रकृति के इस स्वरूप को समझो। यह सारी सृष्टि एक बहुत बड़ी कृति है और एक पूर्ण इकाई है। उस कृति को उसका सर्जक ही पूरी तरह जानता और समझता है। प्रकृति में सदा ही सृजन और विध्वंस साथ-साथ होते रहते हैं। यह तो एक चक्र है। उत्थान और पतन का, आरोह और अवरोह का, संयोग और वियोग का। सबका अपना जीवनकाल है। उसके पूरा होते ही, वह कृति बिखर जाती है। अपना रूप बदल लेती है। संयोग से इस समय हमारे ग्रह पर विनाश की छाया है। जब तक वह रहेगी, ऐसे ही उत्पात होते रहेंगे। उसके हटते ही सब सामान्य हो जायेगा, क्योंकि तब निर्माण का

युग आ जायेगा।'' बाबा कुछ रुक कर बोले, ''मेरे मन में एक बात है।''

''क्या बाबा ?''

''इस उथल-पुथल के युग में यहाँ रह कर चिंतित और व्याकुल होने के स्थान पर तुम कुछ अन्य आकाशगंगाओं के ग्रहों की यात्रा कर आओ। कुछ ज्ञान बढ़ेगा, कुछ मनोरंजन होगा। खोजो कि कहाँ शांति है। कहाँ के लोग इस युग में भी शांत स्वभाव के हैं। कहाँ परस्पर द्वेष नहीं है। कहाँ शनि का प्रकोप इस प्रकार विध्वंसक नहीं है।''

''आपको छोड़ कर जाऊँ ?''

''जाओ; किन्तु दूसरे ग्रहों पर जा कर कुछ सावधानियाँ आवश्यक हैं।''

''क्या बाबा ?''

''अपने विषय में कोई प्रचार नहीं होने देना; और अपनी शक्तियों को भी गुप्त ही रखना। बहुत आवश्यक होने पर या कहूँ कि अनिवार्य होने पर ही उनका प्रयोग करना।''

''अच्छा बाबा।''

''और हाँ। एक वर्ष से अधिक का समय मत लगाना। तब तक यहाँ सब शांत हो जायेगा।''

''आपको पूर्ण विश्वास है ?''

''विश्वास तो पूरा है।''

''कारण ?''

''ये अलगाववादी आपस में ही लड़ने लगेंगे। इनके ही टुकड़े हो जायेंगे। जो एक बड़े राज्य में सारी सुविधाओं के साथ शांतिपूर्वक नहीं रह सके, वे छोटे-छोटे स्वार्थी और परस्पर विरोधी राज्यों में कैसे रह पायेंगे।''

''न हुए तो ?''

''यदि मेरा अनुमान ठीक नहीं निकला और किसी कारण शांति नहीं हुई तो मैं तुम्हें सूचित कर दूँगा।''

4

यात्रा लंबी थी किन्तु मैं थकी नहीं। जहाँ मैं धरती पर उतरी, वह एक सुंदर, समृद्ध और शांत नगर जैसा लग रहा था। शायद छुट्टी का दिन था। लोग अकेले या अपने परिवारों के साथ सैर-सपाटे के लिए निकले हुए थे।

''यह कौन सा स्थान है भाई?''

''स्थान का पता नहीं है, तो आप यहाँ पहुँच कैसे गयीं?'' उस व्यक्ति ने पूछा।

''आकाश से टपक पड़ी, समझो।'' मैं इतने मधुर ढंग से मुस्कुराई कि वह व्यक्ति अपना प्रश्न भूल गया।

''यह दिल्ली का इंडिया गेट है।''

दूर तक हरी घास से सजा मैदान था। दो समानांतर नहरें बह रही थीं। मैं नहर के किनारे एक वृक्ष की छाया में खड़ी हो गयी।...

एक व्यक्ति टहलता हुआ उधर ही आ रहा था। चाल-ढाल से लग रहा था कि कोई विशिष्ट व्यक्ति है। उससे कुछ दूरी पर उसे घेर कर कुछ बलिष्ठ युवक चल रहे थे। वे बाउँसर रहे होंगे। उसके अंगरक्षक। उसे किसी प्रकार के सम्भावित-असम्भावित आक्रमणों से बचानेवाले अथवा उसका महत्त्व स्थापित करने वाले। भीड़ को उससे दूर रखने वाले।...यह भी यहाँ की कोई परंपरा होगी। धनी लोग सरकारी पुलिस अथवा प्रशासन की सुरक्षा पर निर्भर न रह कर अपनी रक्षा का प्रबंध स्वयं भी करते होंगे।

उसकी दृष्टि मुझ पर पड़ी और वह स्थिर हो गया। कुछ स्तब्ध भी लग

रहा था। उसने मुझे देखा और देखता रह गया। मर्यादा की सीमा को पार करके।

मुझे उसकी दृष्टि में अभद्रता नहीं, मुग्धता दिखाई पड़ी। थोड़ी ही देर में उस व्यक्ति की दृष्टि कुछ धृष्ट हो गयी।

''आपको यह नगर पसंद है ?''

''अभी तक जो कुछ देखा है, अच्छ ही है। आशा है कि शेष भी अच्छ ही होगा।''

''नई आयी हैं ?''

''अभी-अभी ही आयी हूँ।''

''कहाँ से आयी हैं ?''

''क्या बताऊँ। समझिए आकाश से उतरी हूँ।'' वह हँसा, ''यह तो देख कर ही समझ लेना चाहिए था कि आप आकाश से उतरी हैं। धरती पर ऐसा रूप कहाँ।''

मैं कुछ बोली नहीं। बस मुस्कुरा कर रह गयी।

''इसका अर्थ है कि न आप नगर को जानती हैं, न मुझे।'' वह रुका, ''मैं विनोद सीकर हूँ। आधे नगर का स्वामी। जान कर प्रसन्नता हुई कि यह नगर आपको पसंद है।''

निश्चित रूप से वह मेरे प्रति अपना आकर्षण प्रकट कर रहा था। और यह क्या...

''यह नगर आपको पसंद है और मुझे आप पसंद हैं।'' उसने सीधा मेरी आँखों में देखा, ''मैं आपसे विवाह करना चाहता हूँ। आप मुझे स्वीकार करेंगी ?''

''आप मुझ से विवाह करेंगे ?'' मैंने पूछा। मैं स्तब्ध रह गयी थी। मेरी कल्पना में भी नहीं था कि कोई ऐसे भी विवाह का प्रस्ताव कर सकता है। मेरे विषय में कुछ जाने बिना, मेरा घर देखे बिना, मेरे परिवार और संबंधियों से मिले बिना...विवाह का प्रस्ताव। जहाँ लोग जन्म-कुंडलियाँ मिला कर विवाह करते हैं, वहाँ वह व्यक्ति मुझसे मेरा नाम तक पूछे बिना विवाह का प्रस्ताव कर रहा था।...विचित्र था वह व्यक्ति...या यह उसका आत्मविश्वास था।

''हम कहीं बैठ कर बात कर लें। अकेले।'' उसने अपने अंगरक्षक की ओर देखा, ''गाड़ी बुलाओ। और तुम लोग हमारे साथ नहीं आओगे।'' एक

बड़ी और शानदार गाड़ी हमारे सामने सड़क पर आ लगी। ''आइए।'' हम दोनों गाड़ी में बैठ गये। ''ताज होटल।'' उसने ड्राइवर से कहा।

रास्ते भर वह मौन रहा । होटल के पोर्टिको में उसे उतरते देख आस-पास हलचल मच गयी। हमारे रिसेप्शन तक पहुँचने से पहले ही रिसेप्शनिस्ट ने चाबियाँ कर्मचारी को पकड़ा दीं, ''साहब को उनके स्यूइट तक ले जाओ।''

वह हमारी अगवानी करता हुआ लिफ्ट तक लाया। हमारे ऊपर पहुँचने से पहले ही दूसरा कर्मचारी स्यूइट का द्वार खोल कर खड़ा था।

हम दोनों अंदर आये। कर्मचारी कपाट भिड़ा कर चला गया।

''क्या लेंगी आप?'' विनोद सीकर ने पूछा।

उसके हाथ में फ़ोन का रिसीवर था। वह नीचे रिसेप्शन को ऑर्डर देने के लिए पूरी तरह तैयार था, ''मैं इस समय नींबू वाली चाय लेता हूँ।''

''मैं भी वही ले लूँगी।''

उसने ऑर्डर दे दिया। तभी घंटी बजी और कपाट खोल कर एक बैरा आ गया, ''साहब, चाय का सारा सामान यहीं रखा है।''

''बना कर दो।'' विनोद ने कहा, ''मुझे यह मत बताओ कि क्या कहाँ रखा है। जो माँग रहा हूँ, वह ला कर दो।'' बैरा सहम गया, ''सॉरी सर।''

''नए हो?''

''साहब, कल ही ज्वायन किया है।''

''तभी।''

हमें चाय दे कर बैरा चला गया। ''तो क्या सोचा आप ने?''

मैंने उसकी ओर देखा, ''आप मेरे विषय में, मेरे संबंधियों के विषय में, मेरे काम के विषय में, मेरी पढ़ाई-लिखाई के विषय में कुछ जानना नहीं चाहते?''

''मुझे जो देखना था, वह मैंने देख लिया है। जो परखना था, परख लिया। शेष किसी बात का मुझे कोई अन्तर नहीं पड़ता।'' उसने कहा, ''मैं किसी विघ्न-बाधा से नहीं डरता। समाज की मुझे चिंता नहीं है।''

''तो ठीक है। आप मुझे एक सप्ताह का समय दें।''

''ठीक है। यद्यपि प्रतीक्षा का यह एक सप्ताह मेरे लिए बहुत कष्टदायक

होगा। फिर भी आपकी इच्छ की उपेक्षा नहीं की जा सकती।...इस एक सप्ताह के लिए आपका पता क्या होगा?''

''अभी दिल्ली में आयी ही हूँ। ठिकाना बनाना है।...''

''तो आप ऐसा क्यों नहीं करतीं कि आप सप्ताह भर मेरे इसी स्यूइट में ही रुक जायें। ये मेरे नाम पर बुक्ड है। बारहों महीने के लिए। कोई यहाँ रहे, न रहे। आप रहेंगी तो इसका उपयोग भी हो जायेगा और मुझे संतोष रहेगा कि आप मेरे संपर्क में हैं।''

''यदि कहीं जाना हो तो?''

''नीचे रिसेप्शन पर फ़ोन कर दें, मेरी गाड़ी आपको तैयार मिलेगी। जितना घूमना चाहें, घूमिए। जो देखना हो, देखिए। आप मेरा प्रस्ताव स्वीकार न करने का निर्णय करें तो भी संकोच न करें।...वैसे ऐसा क्रूर निर्णय न ही करें तो मुझे अच्छा लगेगा। नहीं तो मेरे प्राण भी निकल सकते हैं।'' वह उठ खड़ा हुआ।

''आपको इस प्रकार अकेली छोड़ कर जाना मेरा अपने ऊपर भी अत्याचार है; और आप पर भी। फिर भी इस समय जाना होगा। मैं आपके साथ संपर्क में रहूँगा। आप जब चाहें, रिसेप्शन पर फ़ोन कर कह दें, वे लाइन मिला कर मुझ से बात करवा देंगे। आप इसे होटल न समझें। इसे मेरी सम्पत्ति और इन लोगों को मेरे कर्मचारी समझें। इनको कोई भी आदेश देना पूर्णत: आपके अधिकार में है।''

वह चला गया। मैं बैठी सोचती रही—उसके प्रस्ताव का क्या उत्तर हो सकता है। न मैं उसे यह बता सकती हूँ कि मैं पृथ्वी की जीव नहीं हूँ। इसलिए यहाँ की स्त्रियों से मेरा मन बहुत भिन्न है। न मैं यह बता सकती हूँ कि मैं यहाँ स्थायी रूप से रहने नहीं आयी हूँ। मैं एक वर्ष के पश्चात् पृथ्वी छोड़ कर अपने ग्रह पर लौट जाना चाहूँगी, तो उसकी क्या प्रतिक्रिया होगी। उसने मेरा रूप देखा है और वह और कुछ भी जानना नहीं चाहता। इसका अर्थ तो यही हुआ कि उसे पत्नी नहीं चाहिए, उसे एक सुंदर स्त्री चाहिए। चाहे वह सुशिक्षित हो या न हो, चाहे वह चरित्रवान हो या न हो, चाहे वह संस्कारवान हो या न हो।...रूप का लोभी है वह। मूर्ख भंवरा।

फिर मैंने अपने पक्ष से सोचा—यदि मैं अपनी ओर से शर्तें रख दूँ कि

वह मेरे विषय में कुछ भी जानना नहीं चाहेगा, मेरे कहीं आने-जाने पर रोक नहीं लगाएगा, मैं जब उसे छोड़ कर जाना चाहूँ, वह बाधा खड़ी नहीं करेगा, किसी प्रकार की कोई आपत्ति नहीं करेगा। अपनी इच्छा और यहाँ के, पृथ्वी के सामयिक, सामाजिक अथवा राजनीतिक नियम-कानून के माध्यम से कोई अड़चन उत्पन्न नहीं करेगा।...

यदि एक वर्ष उसके साथ रहूँगी तो संतान का जन्म भी हो सकता है। उसके विषय में भी सोचना पड़ेगा।...

मैंने गाड़ी मँगवाई और दिल्ली के विभिन्न जल-स्रोतों को देखती फिरी। कितना अच्छा होता यदि यमुना अपने प्राचीन रूप में एक विशाल नदी के समान बह रही होती, वह नदी जो कृष्ण को प्रिय थी, जो कृष्ण-भक्तों को प्रिय थी। मैं उसके तट पर समय व्यतीत करती। उसमें तैरती, अठखेलियाँ करती।...किन्तु अब तो उसका रूप एक गंदे नाले का-सा है। उसके तट पर थोड़ा-सा भी समय व्यतीत करना कठिन था।...

इस बीच विनोद सीकर के फोन आते रहे। वह पूछता रहा कि मैं ठीक हूँ, मुझे किसी प्रकार की कोई असुविधा तो नहीं है।...होटलवाले भी बताते रहे कि साहब मेरे विषय में पूछते रहते हैं और उन्हें निर्देश देते रहते हैं कि मुझे किसी प्रकार की कोई असुविधा न हो। सातवें दिन वह स्वयं आ पहुँचा। ''कैसी हैं आप?''

''प्रसन्न हूँ। आपके खाते में आनन्द से रह रही हूँ।''

''स्यूइट का किराया तो कोई रहे न रहे, मेरी कंपनी देती ही है। आप खाती-पीती ही कितना हैं। आपका तो कोई खर्च ही नहीं है। मैंने देखा है कि इन सात दिनों में आपने कोई शॉपिंग भी नहीं की है। आप चाहतीं तो करोड़ दो करोड़ के आभूषण खरीद सकती थीं।...''

''उन सबका मेरे लिए कोई उपयोग नहीं है। मैंने कहा था न कि मैं कुछ भिन्न प्रकार की स्त्री हूँ।''

''ऐसी स्त्री तो मैंने पहली बार ही देखी है, जिसे आभूषणों का भी मोह न हो।'' वह बोला, ''आज मैं तीन बातें सोच कर आया हूँ।''

''क्या?''

‘‘एक तो आज रात का भोजन हम एक साथ करेंगे। दूसरी, आपसे अपने प्रश्न का उत्तर लेकर जाऊँगा...’’

‘‘और तीसरी ?’’

‘‘वह विवाह सम्बन्धी आपके निर्णय को सुनने के पश्चात् बताऊँगा।’’

मैं चुप रही।

‘‘आपको किसी प्रकार की घबराहट तो नहीं है न ?’’

‘‘जी नहीं। आप भोजन का आर्डर दे दीजिए।’’ उसने फोन उठा कर रिसेप्शन का बटन दबाया, ‘‘डिनर।’’

मैं समझ नहीं पाई कि यह कैसा ऑर्डर हुआ।

‘‘क्या मँगवाया आपने ?’’

‘‘डिनर। उनकी रसोई में जो कुछ भी बना होगा, वह सब आ जायेगा। फिर हम अपनी रुचि के अनुसार जो खाना चाहेंगे, खा लेंगे।’’

वह सोफ़े पर बैठ गया, ‘‘तो फिर आपने मेरे प्रस्ताव के विषय में क्या सोचा है ?’’

‘‘पहले डिनर कर लीजिए।’’ मैं हँसी, ‘‘ऐसा न हो कि मेरा उत्तर सुन कर आपका डिनर का स्वाद ही जाता रहे।’’

वह भी हँसा, ‘‘चलिए, यह अनुभव भी कर लें कि भोजन का स्वाद कैसे बिगड़ जाता है। आप निस्संकोच अपनी बात कहें।’’

मैंने अपना सारा सौन्दर्य अपनी आँखों में उंड़ेल कर उसकी ओर देखा, ‘‘मुझे आपका प्रस्ताव स्वीकार है। किन्तु मेरी भी कुछ शर्तें हैं।’’

उसका चेहरा खिल उठा, ‘‘कहिए, कहिए क्या शर्तें हैं। मैं अग्रिम रूप से उनको स्वीकार कर रहा हूँ।’’

‘‘आप कभी भी मेरे विषय में, मेरे परिवार के विषय में, मेरे पूर्व जीवन के विषय में कोई प्रश्न नहीं करेंगे।’’

‘‘स्वीकार है।’’

‘‘मैं कहाँ आती-जाती हूँ, इस विषय में आप कोई प्रश्न नहीं करेंगे। कोई आपत्ति नहीं करेंगे।’’

‘‘स्वीकार।’’

‘‘जब मैं आपसे सम्बन्ध-विच्छेद कर, आपको छोड़ कर सदा के लिए चली जाना चाहूँगी, तो न आप मुझे रोकेंगे और न उस विषय में कोई जिज्ञासा करेंगे।’’

‘‘स्वीकार है।’’ उसने कहा, ‘‘वैसे आपने कभी यह नहीं सोचा कि आप अकेली अबला नारी हैं। कोई शक्ति-प्रयोग भी तो कर सकता है।’’

मैं हँसी, ‘‘मैंने आपके अंगरक्षक देखे हैं। आपके पास धन का भी बल है। हो सकता है कि राजनीतिक और प्रशासनिक बल भी हो।... मैं चाहूँगी कि आप अभी ही अपनी क्षमता का परीक्षण कर लें। बाद में आपको कोई पश्चात्ताप न हो। न आपको कोई भ्रम रहे, न मुझे। यह वास्तविक शक्ति-परीक्षण नहीं है, बस एक क्रीड़ा है। देखते हैं कि आप अपनी इच्छा पूरी कर पाते हैं या नहीं।’’

वह हँसा, ‘‘सुनो भाई द्वार पर कौन है?’’

उसके दो अंगरक्षक कमरे में आ गये।

‘‘शेष लोगों को भी बुला लीजिए।’’ मैंने कहा, ‘‘कोई कसर न रह जाये।’’

‘‘सबको बुला लो,’’ उसने अपने अंगरक्षकों को कहा।

अगले ही क्षण वे पाँच हो गये।

‘‘देखो, ये देवी अभी कक्ष से बाहर जायेंगी। तुम्हारा काम है कि उन्हें रोको। बल-प्रयोग करो भी तो उन्हें कष्ट नहीं होना चाहिए। कर सको तो उन्हें उठा कर गाड़ी में बैठा लो।’’

उन्होंने चकित दृष्टि से देखा—यह क्या था।

मैं उठ कर खड़ी हो गयी। मन में बाबा का स्वर गूंजा, ‘अपनी शक्तियों का अनावश्यक प्रदर्शन मत करना।’...किन्तु थोड़ा-सा प्रदर्शन आवश्यक हो गया था...

मैंने साड़ी का पल्लू, कटि से लपेटा और फुसफुसा कर अपनी सखी वायु से कहा, ‘‘मेरे चारों ओर वृत्ताकार दीवार बना लो। पाँच फुट दूर रखना सब को।’’

‘‘आओ।’’ मैंने अंगरक्षकों को कहा और कक्ष के द्वार की ओर चल पड़ी।

वे पाँचों एक साथ लपके। लगा वे पाँचों अपनी असावधानी में किसी ठोस अदृश्य दीवार से टकरा गये। वे अपना सिर पकड़ कर फ़र्श पर बैठ गये

और मैं उनके बीच में से चलती हुई आगे बढ़ गयी।

वे मेरे निकट आने के लिए मचलते हुए, उठते-गिरते रहे; और मैं द्वार से बाहर निकल कर फिर से भीतर आ गयी।

''यह क्या है?'' विनोद के मुख से निकला।

मैं आकर सोफ़े पर बैठ गयी, ''आपने वचन दिया है कि आप मेरे विषय में कुछ नहीं पूछेंगे।''

''ओह। हाँ। मैं अपना वचन भंग नहीं कर रहा; किन्तु उस कौतुक को देख कर मेरे मुख से विस्मय में वे शब्द निकल गये। और अब मैं सोच रहा हूँ कि यदि पाँच के स्थान पर मेरे पास पचास अंगरक्षक भी होते तो भी वे आपको रोक नहीं पाते।''

बैरे आ गये थे। उन्होंने कमरे के सारे मेज़ जोड़ कर, उन पर भोजन सामग्री सजा दी थी।

''आइए। भोजन कर लें।'' मैंने कहा। अंगरक्षक बाहर चले गये और हम दोनों भोजन करते रहे। किन्तु मैं स्पष्ट देख रही थी कि विनोद का ध्यान भोजन पर कम, उस कौतुक पर ही अधिक था।...यह तो स्पष्ट हो ही गया था कि वह मेरी इच्छा के विरुद्ध मुझे कभी रोक नहीं पायेगा। निश्चित रूप से उसके मन में रहा होगा कि वह भी किसी प्रकार ऐसी शक्ति प्राप्त कर पाता।

5

वरुणपुत्री अतीत से वर्तमान में आ गयी थीं। अब वे विनोद के साथ नहीं थीं, वे लौट आयी थीं विक्रम के पास।

''तो फिर आप लोग पृथक क्यों हुए?''

''तुम्हारा जन्म हुआ ही था कि मुझे अपने बाबा के संदेश मिलने आरंभ हो गये कि मेरे ग्रह को मेरी आवश्यकता है। मैं उसी क्षण लौट आऊँ। मैं बड़े असमंजस में थी; किन्तु मुझे लौटना तो था ही। मैंने विनोद से कहा कि मैं कुछ समय के लिए उसे छोड़ कर जाना चाहती हूँ। वह इसके लिए एकदम तैयार नहीं था। तब मैंने उसे उसका वचन स्मरण कराया। उसने कहा था कि जब मैं जाना चाहूँगी, वह मुझे नहीं रोकेगा।...

वह जानता था कि न वह मुझे बलात् रोक सकता था और न ही मान-मनौवल से।

बोला, ''किन्तु मुझ से ऐसा कौन-सा अपराध हो गया है कि तुम मुझे छोड़ कर जाना चाहती हो?''

''बात किसी अपराध या दोष की नहीं है; किन्तु मुझे जाना है। कहीं और मेरी बहुत आवश्यकता है। स्त्रियों को मायके तो जाना ही होता है। कारण पूछोगे भी तो बता नहीं सकती।''

''तुम नहीं रुक सकतीं तो जाओ। मैं तुम्हें रोक नहीं सकता। किन्तु अपने नवजात शिशु को ले जाने नहीं दूँगा।'' उसने कहा, ''अब सोच लो कि क्या पुत्र को छोड़ कर भी जाना चाहती हो।''

''हाँ। पुत्र को छोड़ कर जाऊँगी।''

''कैसी माँ हो तुम?''

''बाध्य हूँ। तुम स्वयं को अच्छा पिता सिद्ध करो।''

''तो आप चली गयीं?'' विक्रम ने पूछा।

''हाँ । मैं चली गयी। मुझे तो जाना ही था। अपने ग्रह का काम निबटा कर मैं यथाशीघ्र लौटी। देखा कि तुम्हारे पिता को वह स्त्री मिल गयी थी, जो अब उनकी पत्नी है। वे एक सुंदर स्त्री के बिना नहीं रह सकते थे।'' वरुणपुत्री ने कहा, ''यह इसलिए भी कह रही हूँ, क्योंकि मेरे चले जाने के पश्चात् उन्होंने तुम्हारा कोई विशेष ध्यान नहीं रखा। पहले तो एक धाय को सौंप दिया और उसके पश्चात् पढ़ाई के बहाने एक आवासीय विद्यालय में भेज दिया।''

''रेज़िडेंशियल स्कूल में?''

''हाँ।''

''इस विषय में मैंने भी कई बार सोचा है कि उन्होंने मुझे वहाँ क्यों भेजा। वे चाहते तो मुझे घर में रखकर भी मेरी पढ़ाई का प्रबंध कर सकते थे।''

''उनकी दूसरी पत्नी तुम्हें घर पर नहीं रखना चाहती थी। और वे उस मत्स्यकन्या की इच्छा के विरुद्ध कुछ नहीं कर सकते थे।''

''आपको भी इतने दिनों तक मेरा ध्यान नहीं आया?''

''तुम्हारा उपालंभ उचित ही है, क्योंकि तुम नहीं जानते कि मैंने तुम्हारे लिए इस पृथ्वी के कितने चक्कर काटे और तुम्हारी खोज खबर लेती रही। मैं एक अपरिचित स्त्री के समान तुम्हारे सामने आयी भी; किन्तु कभी तुम्हें अपना परिचय नहीं दिया।''

''क्यों?''

''मैं तुम्हारे पिता से मिलना नहीं चाहती थी। सदा के लिए उनसे बँध कर भी नहीं रह सकती थी और उनकी दूसरी पत्नी के मन में किसी प्रकार का कोई संदेह जगाना नहीं चाहती थी। मैं उनके दाम्पत्य जीवन में उलझनें पैदा करना नहीं चाहती थी। वह इतनी ईर्ष्यालु है कि इस प्रकार की सूचना भी सहन नहीं कर पाएगी। वह मान बैठेगी कि मैं उसके पति को आकर्षित

करने आयी हूँ, वह मानेगी कि मैं उनकी सम्पत्ति अपने पुत्र को दिलवाने का षड्यंत्र करने आयी हूँ। उसका मस्तिष्क कोई सकारात्मक बात सोच ही नहीं सकता। मत्स्यकन्या है न।''

''तो अब आप कहाँ जायेंगी ?''

''अपने ग्रह पर।'' वरुणपुत्री बोलीं, ''किन्तु मुझे अन्य ग्रह से आयी उस सुनहरी रेत की चिंता है। उसे भी साथ ले जाने का प्रबंध करना है।''

विक्रम कुछ देर तक चुपचाप खड़ा रहा फिर बोला, ''आप इस प्रकार आती-जाती कैसे हैं ? आपका वाहन ? आपकी परिवहन व्यवस्था ?'' विक्रम मुस्कुराया, ''यदि यह सूचना गोपनीय न हो तो।''

''है तो गोपनीय ही; किन्तु यदि कभी तुम्हें भी अपने साथ ले जा सकी तो स्वयं देख लेना।'' वरुणपुत्री ने कहा, ''वस्तुत: तुम जितनी भी परिवहन व्यवस्थाओं से परिचित हो, यह उनसे भिन्न और सूक्ष्म है।''

''उस विधि से भी सूक्ष्म, जिससे उषा ने अनिरुद्ध को द्वारका पहुँचाया था ?''

''हाँ पुत्र। उससे भी सूक्ष्म। यह लंबी यात्रा है।''

''माँ, आप अभी कितनी देर तक मेरे साथ रह सकती हैं ?'' विक्रम ने पहली बार वरुणपुत्री को 'माँ' कहकर संबोधित किया था, ''इतने समय के पश्चात् आप मिली हैं, कुछ दिन तो मेरे साथ भी रहें।''

''यदि धरती के उस सागर-तट पर एक अपरिचित आकाशगंगा के उस ग्रह की रेत न पड़ी होती तो मैं तब तक तुम्हारे साथ रहती, जब तक तुम द्वारका में हो।'' वरुणपुत्री ने कहा, ''किन्तु उसे शीघ्रातिशीघ्र वहाँ से हटाना है। मैं नहीं जानती कि उसकी प्रसार-गति क्या है। ऐसा न हो कि एक ही दिन में वह इतना विनाश कर दे कि पृथ्वी को भारी पड़ जाये।''

''तो आप आज ही चली जायेंगी ?''

''तुम्हें द्वारका के सागर-तट पर पहुँचा दूँ, ताकि तुम अपनी गाड़ी और ड्राइवर को खोज सको; और वे जूते भी जो तुम झाड़ियों में छिपा कर आये हो।'' विक्रम को अपने जूते स्मरण हो आये और साथ ही उसका ध्यान अपने वस्त्रों पर गया। इतनी देर समुद्र में रहने पर भी उसके वस्त्र न गीले

हुए थे, न दागदार। कोई पहचान नहीं सकता था कि वह ये ही वस्त्र पहन कर समुद्र की सैर करता रहा था।...और उसकी माँ का परिधान...उनकी साड़ी भी तो उसी प्रकार चमक रही थी, जैसे ड्राई क्लीनिंग करवा कर अभी ही पहनी गयी हो।

''तुम्हारे वस्त्रों को तो मैंने समुद्र के हानिकारक प्रभाव से बचाया है; किन्तु हमारे ग्रह पर ऐसे ही वस्त्र बुने जाते हैं, जिन पर मिट्टी-पानी का प्रभाव नहीं होता। इन्हें धरती पर दिव्य वस्त्र कहा जाता है।''

''अद्भुत। मैंने पहले तो ऐसा कभी नहीं सुना।''

''तुमने नहीं सुना किन्तु अनसूया ने सीता को इस प्रकार के वस्त्र दिये थे। उन्हें दिव्य वस्त्र ही कहा गया था।''

''पापा को ज्ञात हो जाये तो वे ऐसे वस्त्रों को बुनने का एक कारखाना ही स्थापित कर लें।''

''नहीं हो पायेगा।'' वरुणपुत्री ने कहा, ''वे इन वस्त्रों के लिए आवश्यक तापमान, वायु के दबाव और गुरुत्वाकर्षण का निर्माण और नियंत्रण नहीं कर पायेंगे।'' वे रुकीं, ''उनसे इस प्रकार के वस्त्रों की चर्चा भी मत करना। वैसे भी उनके पास अपार धन है और व्यय के लिए मात्र एक मत्स्यकन्या। उन्होंने दान करने का क्रम अभी आरंभ ही नहीं किया है। वे दान के महत्त्व को नहीं जानते और यह भी नहीं जानते कि यदि धन का भोग अथवा दान न किया जाये तो उसका क्षय ही होता है।''

''तो।'' विक्रम समझ रहा था कि पुत्र-मोह के होते हुए भी माता अब विदा लेना चाहती हैं।

''तो अब विदा लें।'' वे मुस्कुराईं, ''आओ पुत्र। एक बार तुम्हें कंठ से तो लगा लूँ।''

विक्रम आगे बढ़ कर माता के आलिंगन में समा गया।

≈

विक्रम को ड्राइवर ने जगाया, ''सो गये छोटे साहब। आप तो समुद्र में समा

ही गये थे। आपके साथ कोई एक बहुत ही सम्भ्रांत महिला भी थीं।...मैं इतना चिंतित रहा। फिर शायद मेरी भी आँख लग गयी थी। उठा तो देखा कि आप यहाँ रेत पर लेटे-लेटे ही सो गये हैं।''

''हाँ। मैं समुद्र में समा गया था; किन्तु समुद्र ने मुझे उगल दिया।...पापा का फ़ोन तो नहीं आया?''

''बड़े साहब का फ़ोन आया था कि वे दूसरी गाड़ी में पोरबन्दर जा रहे हैं। वे हमें वहाँ सागर-तट के गेस्ट हाऊस में मिलेंगे। मैं भी आप को लेकर वहीं आ जाऊँ,'' ड्राइवर ने कहा।

विक्रम समझ रहा था कि सागर के दूसरे तट पर अपनी माता की बाहों में समा जाने के पश्चात् क्या हुआ, उसे कुछ भी याद नहीं था। क्या उसकी चेतना लुप्त हो गयी थी। उसी अचेतनावस्था में माता ने उसे यहाँ पहुँचा दिया। माता ने कहा था कि उनकी परिवहन व्यवस्था बहुत ही सूक्ष्म थी। यदि वह अचेत न हुआ होता तो वह देखता और अनुभव करता कि वह परिवहन व्यवस्था कैसी थी।...ड्राइवर भी कह रहा था कि उसने विक्रम को सागर में समाते हुए देखा था; किन्तु उसके पश्चात् शायद उसे भी कोई चेतना नहीं रही।...क्या करती हैं माँ। वे पापा को छोड़ कर गयीं तो उन्हें भी कोई चेतना नहीं रही।... पर विक्रम को अब अपनी माँ की चेतना थी। ठीक कह रही थीं माँ कि उसे इस पृथ्वी की कोई स्त्री आकर्षित नहीं कर पाएगी। अपनी माँ को देख लेने के पश्चात् सचमुच उसे और कोई स्त्री पसंद नहीं आयेगी। माँ के प्यार की वह गंध आजीवन उसके मन-मस्तिष्क में रहेगी।

~

पोरबन्दर में सड़क किनारे ही सागर-तट पर वह गेस्ट हाउस बना हुआ था। उसका छोटा-सा भाग ईंटों और सीमेंट का बना हुआ था। शेष शीशे और पर्दों का ही था।...उसे देखते ही विक्रम के मन में सागरमग्न द्वारका जीवन्त हो उठी। उसमें भी स्तंभ थे, दहलीज़ थी किन्तु दीवारें नहीं थीं। क्या सम्भव है कि उसके कमरे भी ऐसे ही बने हों, जैसे इस गेस्ट हाउस के थे?

उसके पिता अपनी पत्नी और दोनों पुत्रों के साथ वहाँ पहुँच चुके थे।

''कहाँ रह गये थे तुम?'' मत्स्यकन्या ने उसे घूर कर देखा, ''हम तुम्हारी चिंता में कितने परेशान रहे, कुछ पता भी है तुमको?''

जाने क्यों विक्रम को लगा कि यह उसका अभिनय मात्र था। चिंता की तो कहीं एक रेखा भी नहीं थी। यदि वह सचमुच समुद्र में डूब गया होता तो उसके पिता की सारी सम्पत्ति की वह एकमात्र स्वामिनी होती। कहीं ऐसा तो नहीं कि यह सारा क्रोध उसके सुरक्षित लौट आने के कारण हो।

''पापा, आप जानते ही होंगे कि जिस द्वारका में हम घूम कर आये हैं, वह बाद की बनी हुई है। वास्तविक द्वारका शायद समुद्र में डूबी हुई है।''

''मैंने भी ऐसा कुछ पढ़ा है।'' विनोद सीकर बोले, ''जिस दिन समुद्र के भीतर घूमने की सुविधा हो जायेगी, हम उसे भी देखने जायेंगे।''

''मेरे मन में तो एक ही बात आती है कि यदि समुद्र ने आगे बढ़कर द्वारका को लील लिया था तो पोरबन्दर कैसे बच गया? और यदि पोरबन्दर भी नहीं बचा तो इसका अर्थ है कि वास्तविक पोरबन्दर भी समुद्र के गर्भ में होगा।''

''अब तुम पोरबन्दर को खोजने के लिए समुद्र में मत चल देना। हमारी जान सूली पर टंगी रहेगी। समुद्र में जाकर फिर तुम कैसे जीवित बचकर लौट आये, मुझे इसका ही आश्चर्य है।''

''आश्चर्य तो मुझे भी है।'' विक्रम ने धीरे से कहा, ''यदि पोरबन्दर ही सुदामा की नगरी है तो यहाँ समुद्र में सुदामा का महल भी होगा।''

विक्रम गेस्ट हाउस के बाहर सागर-तट पर निकल आया। यहाँ सागर-तट पर चट्टानें नहीं थीं किन्तु रेत भी नहीं थी। अनेक आकारों के पत्थर अवश्य थे। पत्थर भी ऐसे, जिन पर नंगे पाँव चला नहीं जा सकता था। फिर भी वह समुद्र के जल तक आ गया। उसकी दृष्टि समुद्र के गहरे जल पर टिकी हुई थी। यदि उसकी माँ ने उसे गहरी दृष्टि दी होगी तो वह समुद्र में भी देख सकेगा। उसे समुद्र के बीच दूर कहीं अरब सागर में एक सुनहरा महल दिखाई दे रहा था। सम्भवतः वह काफ़ी दूर था और गहरे समुद्र में था। उसकी खोज अभी हुई नहीं थी, और न ही कोई उस तक पहुँचा था।

यह तो उसकी माँ की दी हुई दृष्टि थी, जिससे वह उसका आभास पा रहा था। महल उसे इतना स्पष्ट दिख रहा था कि उसका मन हुआ कि वह समुद्र में उतर जाये और चलता हुआ, महल तक जा पहुँचे। वह जानता था कि वह समुद्र में डूबेगा नहीं।

उसने अपने डग बढ़ा दिये। वह आठ-दस पग चला होगा। पानी उसके कंठ तक आ गया था किन्तु तभी एक लहर आयी और जैसे उसने उसे गोद में उठा कर तट पर ला पटका।

...यह क्या ? समुद्र नहीं चाहता था कि वह समुद्र में आगे जाये।...पर क्यों ?

तभी पीठ पर मत्स्यकन्या का चीखता स्वर सुनाई दिया, ''तुम फिर समुद्र में जा रहे थे। डूबने का संकल्प कर लिया है क्या ? तुम्हें मना किया था न। बताऊँ तुम्हारे पापा को ? तुम मरना ही चाहते हो तो अपने पापा को बता कर मरो।''

''नहीं जा रहा मम्मी। इसमें पापा को बताने की क्या बात है। आप भी आइए और देखिए सागर कितना सुंदर है।...''

मत्स्यकन्या कुछ कहती, उससे पहले ही तहसीलदार भागता हुआ आया, ''सर, आप लोग भीतर चलिए। पुलिस ने किसी संकट की घोषणा की है।''

''कैसा संकट ?'' विक्रम ने पूछा।

''मैं स्वयं नहीं जानता, छोटे साहब। बस वे चाहते हैं कि लोग सागर-तट से हट जायें; और खुले में भी न रहें।''

वे लोग भीतर कमरे में आ गये।

थोड़ी ही देर में सागर-तट और सड़क पर विभिन्न प्रकार की रक्षा-वाहिनियों की पंक्तियाँ दिखाई देने लगीं। उनके वाहन इधर से उधर दौड़ रहे थे। अवश्य ही कोई संकट था...विक्रम ने अपने कमरे की शीशे की दीवार से झांक कर देखा— समुद्र में तट-रक्षकों के वाहन किसी एक जलपोत को घेरते दिखाई दिए।...इससे अधिक वह न कुछ देख पाया, न जान पाया।

तत्काल टी.वी. लगाया।

प्रत्येक चैनल पर उद्घोषक चीख रहे थे कि भारतीय तटरक्षकों ने शस्त्रास्त्रों से भरे एक जलपोत को घेरकर उसके चालक दल को बन्दी बना

लिया है। सम्भावना है कि वह जलपोत पाकिस्तान के सिंध की किसी अनाम बन्दरगाह से चला था और भारत में आतंकवादियों को शस्त्र पहुँचाने जा रहा था। किन्तु संदेह यह भी है कि उसके साथ तीव्रगामी कुछ बड़ी नौकाएँ भी थीं, जो छिपकर निकल गयी थीं। गुजरात के सारे सागर-तट पर उनकी खोज की जा रही थी।

प्रात: समाचारपत्रों में मुंबई पर आतंकी हमला होने का समाचार था। आतंकवादी पाकिस्तानी थे और वे सिंध से गुजरात होते हुए, जलमार्ग से आये थे और सारी सावधानी के बाद भी गुजरात और महाराष्ट्र के तट-रक्षकों से बचकर यहाँ तक आ गये थे। होटल ताज में अनेक देशी और विदेशी लोग मारे गये थे। मुंबई में अन्य स्थानों पर भी गोलाबारी हुई थी। आतंकरोधी दल के कुछ अधिकारी भी आतंकवादियों की गोलियों से मारे गये थे।

~

वरुणपुत्री और बाबा आमने-सामने बैठे थे।

‘‘तो तुम उस रेत को ‘ऋ200’ ग्रह में पहुँचा आयीं?’’

‘‘हाँ बाबा। पृथ्वीवासियों को तो न उसका ज्ञान है और न वे उसके संकट को समझते हैं।’’

‘‘यह खेल बहुत संकटपूर्ण होता जा रहा है। हिंसा की प्रवृत्ति बढ़ती जा रही है। एक ओर क्रूर स्वभाव के साधन-संपन्न देश और ग्रह हैं और दूसरी ओर वे अज्ञानी हैं जो तोप और बन्दूक को ही सृष्टि का सबसे मारक शस्त्र समझते हैं।’’ बाबा बोले, ‘‘यह ‘ऋ200’ ग्रह हमारे निकट के सारे ग्रहों के लिए संकट बनता जा रहा है। अन्य कोई ग्रह उनका शत्रु नहीं है; किन्तु वे फिर भी मृत्यु का तांडव करना चाहते हैं।’’

‘‘उन्होंने क्या किसी नए शस्त्र का आविष्कार किया है?’’ वरुणपुत्री ने पूछा।

‘‘उनका वह प्रयत्न तो चलता ही रहता है; किन्तु अपनी यह मारक रेत उनका सबसे बड़ा शस्त्र बन गयी है। अवसर मिलते ही वे उसे किसी भी

अन्य ग्रह में बिखेर आते हैं।''

''उससे बचने का कोई उपाय नहीं है?''

''कुछ ग्रहों ने, जिन्हें उसके घातक प्रभाव का ज्ञान हुआ है, उसे शून्य अन्तरिक्ष में विसर्जित करने का प्रयत्न किया है; किन्तु हम नहीं जानते हैं कि अन्तरिक्ष में उसका क्या प्रभाव होगा और वहाँ से वह कहाँ-कहाँ बिखर जायेगी। वह तो विष-बीज है। किन्तु कोई उसे पहचानता नहीं है। प्रभु की असहाय सृष्टि के प्रति हमारा दायित्व बहुत बढ़ता जा रहा है।''

''हमारा दायित्व?''

''असहाय लोगों की अत्याचार से रक्षा करना हमारा दायित्व है। यही हमारा धर्म है। मुझे लगता है कि उन ग्रहों पर हमें अपने कार्यकर्ता, शिक्षक और सैनिक भेजने पड़ेंगे।''

''किन्तु अपनी रक्षा करना उनका दायित्व नहीं है?''

''किसी मकान में आग लग जाये और एक बच्चा उसमें फँस जाये तो क्या अपनी रक्षा करना उसका दायित्व नहीं है?'' बाबा ने पूछा।

''है तो; किन्तु वह बच्चा है। वह अपना बचाव करने में असमर्थ है।''

''यही स्थिति उन देशों और ग्रहों की है, जो इन संकटों से अनभिज्ञ हैं और अपना बचाव करने में असमर्थ हैं।''

''और यदि हम उनका बचाव न कर सके तो?''

''हम तो प्रेरितकर्ता हैं। हम नहीं कर पायेंगे तो प्रेरककर्ता स्वयं करेगा।''

''वह कौन है?''

''जिसने यह सृष्टि रची है।'' बाबा ने कहा, ''वह चाहेगा तो उन्हें नष्ट हो जाने देगा और चाहेगा तो विनाशक शक्तियों को नष्ट कर देगा।''

''बाबा, जो निर्माण करता है, वह अपनी रचना को नष्ट क्यों करेगा? कोई माँ अपने बच्चे को संकट में क्यों डालेगी।''

''तुम जो कुछ कह रही हो, सत्य कह रही हो; किन्तु तुम्हारा सारा चिंतन एक जीवात्मा का चिंतन है, तुम्हारा मनोविज्ञान जीवात्मा का मनोविज्ञान है, तुम्हारी भावनाएँ एक जीवात्मा की भावनाएँ हैं। हम अपने सर्जक का मनोविज्ञान नहीं समझ सकते। हम उसे नहीं जानते, हम उसके मन में नहीं झाँक सकते।

इसलिए जब उसकी इच्छा होती है, सब कुछ उसमें लय हो जाता है। और जब उसकी इच्छा होती है, सब कुछ नया, ऊर्जावान और मनोहर बन कर प्रकट हो जाता है।''

~

विक्रम को माँ का फ़ोन आया।

''सुना है कि मुंबई में हो।''

''हाँ माँ। मुंबई में ही हूँ। आप कहाँ हैं?''

''मैं भी मुंबई में ही हूँ। होटल ताज के कमरा संख्या 700 में। तुम अकेले हो?''

''जी। अकेला हूँ।''

''तुम्हारा परिवार, तुम्हारे पिता का परिवार कहाँ है?''

''वे लोग छुट्टियाँ मनाने पेरिस गये हुए हैं।''

''तुम नहीं गये?''

''मेरे भारत में पेरिस से भी बहुत अधिक है देखने और घूमने को। वैसे भी मैं कई बार पेरिस देख चुका हूँ।''

''अभी आ सकोगे मेरे पास, या मैं आऊँ?''

''मैं आ रहा हूँ माँ।''

विक्रम कमरे में पहुँचा तो माँ ने उसे बाँहों में भर लिया। पैर भी छूने नहीं दिए।

''कैसे हो।''

''ठीक हूँ। आपकी याद आती रहती है।''

''देखो, वह याद साकार होकर तुम्हारे सामने आ गयी।''

''बहुत दिनों में आयीं।''

''मैंने तुम्हें अपने पड़ोसी ग्रह 'ऋ200' के विषय में बताया था।''

''जी। वहाँ कुछ नया घटित हो गया है क्या?''

''पहले तो वे लोग अपने निकट के ग्रहों के लिए संकट बने हुए थे, हमें

परेशान कर रहे थे। अब ईश्वर की लीला कुछ ऐसी हुई कि उनमें आपस में ही फूट पड़ गयी। स्थिति कुछ ऐसी हुई, कहो कि इतनी बिगड़ी कि एक पक्ष को ग्रह छोड़कर पलायन करना पड़ गया। जिसके जहाँ सींग समाए, वह वहीं चला गया। लगभग आधी आबादी वहाँ से मृत्यु के भय से पलायन कर चुकी है। वहाँ का शासक इतना क्रूर हो गया है कि वहाँ रहना कठिन है। छोटे-छोटे बच्चों के हाथों में भी घातक शस्त्र पकड़ा दिये हैं। गलियों में खून बह रहा है। शवों की गिनती नहीं है।''

''जिन्होंने पलायन किया, वे कहाँ गये होंगे माँ?''

''जो जहाँ भी जा सका, चला गया। जहाँ भी प्राणों की रक्षा हो सके। दूसरे ग्रहों पर, जल, थल और आकाश में।...यहाँ तक कि दूसरी आकाशगंगाओं में।''

विक्रम गंभीरता से माँ को देखता रहा, ''क्या वह जाति पानी में भी रह सकती है?''

''हाँ, रहना पड़े तो रह सकती है। क्यों?'' उन्होंने रुककर विक्रम को गहरी दृष्टि से देखा, ''तुमने विशेष रूप से पानी के संदर्भ में ही क्यों पूछा?''

''मुंबई के तटरक्षकों ने यहाँ सागर में ऊपर-ऊपर तिरते हुए कुछ शवों को निकाला है। निरीक्षण से ज्ञात हुआ कि वे मरे नहीं हैं, अचेत हैं या कोमा में हैं। जीवित रहेंगे या नहीं, कहा नहीं जा सकता। माना जा रहा है कि वे पृथ्वी के मनुष्यों से कुछ भिन्न हैं, इसलिए समुद्र में डूबे नहीं। ऊपर-ऊपर तिरते रहे। समाचारपत्र चीख-चीख कर कह रहे हैं कि वे किसी अन्य ग्रह से आये हैं, एलियन हैं। किन्तु उनके पास अपनी बात को प्रमाणित करने का कोई आधार नहीं है।''

''उनके एलियन होने का संदेह है? कहाँ हैं वे लोग?''

''इस समय तो अस्पताल में हैं। उन्हें जीवित रखने और होश में लाने का प्रयत्न किया जा रहा है।''

''तुम्हारा विचार है कि वे लोग 'ऋ200' से आये हुए लोग हैं, जो समुद्र में अपना घर बनाना चाह रहे थे?''

''कल्पना के घोड़े दौड़ा रहा हूँ।''

''चलो, उन्हें देख आते हैं।'' वरुणपुत्री ने कहा, ''पता लग जायेगा। वैसे

मैंने सोचा नहीं था कि उनमें से कोई पृथ्वी तक आ पहुँचेगा।''

''असम्भव तो नहीं है।''

''नहीं, असम्भव तो कुछ भी नहीं है।''

''मैं तो यह भी सोचता हूँ कि बहुत सम्भव है कि किसी समय वे लोग पृथ्वी से ही उस ग्रह में गये हों और उनकी जातीय स्मृति में पृथ्वी अभी तक सुरक्षित हो। हमने समुद्र में परित्यक्त नगरियाँ देखी हैं न। उन नगरियों के नागरिक कहाँ गये? वे जातियाँ कहाँ गयीं?''

''पृथ्वी पर ही विभिन्न जातियों में खो गयीं। अन्तरिक्ष में जाना तो आवश्यक नहीं है।''

''आवश्यक नहीं है किन्तु सम्भावना तो है न।''

''तो फिर चलो अस्पताल में उनको देख ही आते हैं,'' वरुणपुत्री ने कहा।

''पुलिस का कठोर बन्दोबस्त है वहाँ। मच्छर तक को भीतर घुसने नहीं दिया जा रहा। उन शरीरों की जाँच हो रही है।'' विक्रम ने बताया, ''एलियन लोगों के विषय में खोज करने वाले वैज्ञानिक और डॉक्टर वहाँ जुटे हुए हैं। यह उनके लिए बड़ी उपलब्धि होगी। वे तो जैसे कोई उत्सव मना रहे हैं।''

''तुम भूल जाते हो कि मैं भी दूसरे ग्रह से आयी हूँ; और एक शक्तिशाली देवता की पुत्री हूँ। पुलिस क्या, और सेना क्या। हम जहाँ-जहाँ से जायेंगे, पुलिसवाले सम्मोहित होते जायेंगे। वे सचेत ही तब होंगे, जब हम लौट आयेंगे।''

''तो चलें।''

''चलते हैं।'' वरुणपुत्री मुस्कुराई, ''माँ के पास आये हो, कुछ खा तो लो।''

''मैं ब्रेकफास्ट करके आया हूँ।''

''वह ठीक है किन्तु पुत्र को कुछ खिलाए बिना माँ का मन प्रसन्न कैसे होगा।'' वरुणपुत्री ने कहा, ''इस होटल की खीर मुझे बहुत प्रिय है। वही मँगवाती हूँ।''

～

अस्पताल के बाहर पुलिस का भारी जमावड़ा था। किन्तु विक्रम का हाथ पकड़े

वरुणपुत्री उनके मध्य में से ऐसे निकलती जा रही थीं, जैसे पुलिसवाले स्वयं ही उन्हें मार्ग दे रहे हों या उन्हें वे दिखाई ही न दे रहे हों। वे वरुणपुत्री नहीं पवनपुत्री लग रही थीं। सूक्ष्म पवन के समान भीड़ के मध्य से, कहीं से भी निकल जाती थीं।

किसी से कुछ पूछने की आवश्यकता नहीं पड़ी। पुलिसवालों का बन्दोबस्त ही संकेत कर रहा था कि वे एलियन कहाँ होंगे। पुलिसवालों की कतारें देखते हुए वे लोग उस वार्ड में पहुँच गये, जहाँ वे पाँचों शरीर, पुलिसवालों के तथाकथित कठोर बन्दोबस्त में रखे गये थे।

विक्रम देख रहा था कि आकार में वे लोग शायद पृथ्वी के लोगों से कुछ छोटे थे।...यह कहना भी शायद उचित नहीं था। पृथ्वी पर भी उस ऊँचाई के लोग थे, उनसे छोटे भी थे। रंग हल्का पीला था; किन्तु भारत में तो प्रत्येक वर्ण के लोग रहते थे...गोरे, गेहुएँ, सांवले, काले, गुलाबी, पीले...। केवल उनके वर्ण के आधार पर उन्हें एलियन नहीं कहा जा सकता था। शरीर और चेहरे पर बाल बहुत कम थे। नाक तीखी थी। आँखें छोटी थीं। उनमें से कोई भी अभी सचेत नहीं था। सब ही गहरी मूच्छर्ा में लग रहे थे।

''आओ।'' वरुणपुत्री ने कहा, ''ये लोग 'ऋ200' के ही वासी हैं। मैं उन्हें पहचान सकती हूँ। किन्तु वे भारत के जन-सामान्य में घुल-मिल जायें तो उनका भेद करना कठिन होगा।''

विक्रम चुपचाप माँ के पीछे-पीछे अस्पताल से बाहर निकल आया।

''ये उसी ग्रह के लोग हैं। किन्तु वे केवल पाँच ही तो वहाँ से नहीं आये होंगे। और भी बहुत लोग होंगे। वे कहाँ गये?'' वरुणपुत्री जैसे अपने आप से पूछ रही थीं।

''ये समुद्र में तिरते पाये गये हैं तो वे लोग भी समुद्र के आस-पास ही होंगे।''

''हाँ पृथ्वी के मनुष्य की दृष्टि से बचने के लिए, उन्होंने समुद्र में ही शरण ली होगी। या तो वे समुद्र में अपना घर बनाने में सफल हुए होंगे या फिर समुद्र में डूब गये होंगे।'' विक्रम बोला, ''मैंने इसीलिए आपसे पूछा था कि क्या ये लोग पानी, समुद्र के पानी में भी जीवित रह सकते हैं।''

‘‘नहीं। वे डूबे नहीं होंगे। समुद्र ने उन्हें नष्ट नहीं किया होगा। अपने भीतर कहीं-न-कहीं उनको स्थान दे दिया होगा।’’

‘‘क्या आपको नहीं लगता कि हमें उन्हें खोजना चाहिए। वे कहाँ गये, कहाँ रह रहे हैं, कैसे रह रहे हैं। पुलिस या पत्रकारों को उनकी गंध भी मिल गयी तो उनके प्राण संकट में पड़ जायेंगे।’’

‘‘नहीं ऐसा कोई संकट नहीं है। वे अपना बचाव कर सकते हैं। उनके पास अपने साधन हैं।’’

‘‘फिर भी हमें उनकी सुध तो लेनी चाहिए।’’

‘‘हाँ। उन्हें अवश्य खोजना चाहिए। यदि सम्भव हो तो उनकी सहायता भी करनी चाहिए। वे अपने ही ग्रह के लोगों से प्रताड़ित हो कर शरण पाने के लिए यहाँ आये हैं। वे आक्रांता नहीं हैं। वे अपनी रक्षा तो करेंगे; किन्तु किसी को क्षति नहीं पहुँचायेंगे। वे बसने का प्रयत्न करेंगे, लड़ने का नहीं।’’

‘‘आप ठीक कह रही हैं,’’ विक्रम ने कहा।

‘‘किन्तु पुत्र, एक बात मत भूलो।’’

‘‘क्या माँ?’’

‘‘ये लोग उसी ग्रह ‘ऋ200’ से आये हैं, जहाँ से पृथ्वी की वनस्पति को नष्ट करने के लिए, वह चमकदार रेत आयी थी। यदि इन लोगों में से कोई एक भी अपने साथ वैसा ही कोई हानिकारक पदार्थ ले आया हो, तो वह पृथ्वी के लिए घातक होगा।...’’ वे रुकीं, ‘‘और हम दोनों के सिवाय और किसी को भी उस संकट का पता नहीं है, अत: यह हमारा ही दायित्व है कि हम इसकी खोज करें और आवश्यक हो तो उसका उचित प्रतिकार भी करें।’’

‘‘किन्तु हम तो जानते नहीं हैं कि कितने लोग आये हैं और एक साथ हैं अथवा बिखर कर विभिन्न स्थानों पर चले गये हैं। कहाँ खोजेंगे हम उनको।’’

‘‘ये जो अस्पताल में पड़े हैं, पता नहीं वे जीवित रह पायेंगे या नहीं। जीवित रहे तो प्रशासन उनको मुक्त तो नहीं कर देगा। इसलिए इनकी प्रतीक्षा व्यर्थ है।’’

‘‘तो?’’

‘‘तो आओ, हम पाताल में चलें।’’

विक्रम कुछ समझा, कुछ नहीं भी समझा। वह माँ के साथ चल पड़ा।

जाने यह कैसे हुआ कि वरुणपुत्री उसे वहाँ ले आयीं, जहाँ पिछली बार उन्होंने समुद्र में पहाड़ी देखी थी। उसे यह भी अनुभव नहीं हुआ कि वे जल के मार्ग से आये हैं अथवा आकाश मार्ग से। पर वे उसी पहाड़ी के सम्मुख खड़े थे, जिस पर उन्हें नागों की बस्ती का आभास हुआ था।

यहाँ कुछ तो परिवर्तित हुआ था। ऐसा नहीं लग रहा था कि वह नगरी समुद्र के जल में डूबी हुई थी। नगरी भी दिख रही थी और समुद्र का जल भी; किन्तु जल उस नगरी से निकलकर जैसे उसकी सीमाओं पर खड़ा था। समुद्र में जैसे कोई प्राचीर बन गयी थी और नगरी के क्षेत्र का पानी उस प्राचीर से बाहर आ गया था।

''यह क्या है?'' विक्रम चकित था।

''उन्होंने समुद्र में वायु की एक दीवार बना ली है और समुद्र को उस दीवार ने रोक लिया है।''

''ऐसा सम्भव है?'' विक्रम चकित था।

''उनके लिए सम्भव है। तुम भूल रहे हो कि वे पृथ्वी के लोग नहीं हैं। 'ऋ200' का विज्ञान वायु को भी बाँध सकता है और समुद्र को भी। उधर देखो, रेत से समुद्र के जल के बीच में से नगरी तक जाने का एक मार्ग भी बना है।...एक बात और। तुम शायद देख नहीं पा रहे, उन्होंने सागर-तट पर सूक्ष्म उपकरण लगा रखे हैं। वे भौतिक पदार्थों से नहीं बने हैं, उनकी आत्मिक शक्तियों से बने हैं।''

''आप भी कर सकती हैं, यह सब?''

''हाँ, कर तो सकती हूँ, किन्तु मुझे इसकी आवश्यकता नहीं है।'' वरुणपुत्री ने कहा, ''आओ, भीतर चलें।''

उन्हें लगा कि वे लोग वहाँ अकेले नहीं हैं। उनके आते ही कुछ हलचल हुई थी, जैसे बहुत सारे लोग अफरा-तफरी में इधर-उधर भागे हों।...वे खड़े देखते रहे। फिर उन्हें लगा कि विभिन्न दिशाओं और विभिन्न स्थानों से कुछ आँखें उन्हें देख रही हैं।

वरुणपुत्री ने विक्रम का हाथ पकड़ा और एक भवन के द्वार से भीतर

प्रवेश कर गयीं।

उस कक्ष में दस बारह लोग थे...डरे-सहमे। वे उन्हें फटी-फटी आँखों से देख रहे थे।

‘‘भय मत करो।’’ वरुणपुत्री ने किसी अज्ञात भाषा में उनसे कहा, ‘‘हम ‘ऋ200’ से नहीं आये हैं और न ही तुम्हारा पीछा कर रहे हैं। हम तुम्हें किसी प्रकार की क्षति पहुँचाना नहीं चाहते...’’

विक्रम उनकी भाषा नहीं जानता था इसलिए समझ नहीं पाया कि माँ ने उनसे क्या कहा है। उसने देखा, पहले तो वे सब लोग घबराहट में एक साथ कुछ बोलने का प्रयत्न कर रहे थे, किन्तु फिर चुप हो गये। उनके एक मुखिया ने माँ से बात की। फिर उसने उन्हें अपने साथ आने का संकेत किया।

माँ ने विक्रम का हाथ पकड़ा और उसके पीछे चल पड़ीं। वह उन्हें विभिन्न कक्षों में घुमाता रहा और डरे सहमे बच्चों और स्त्रियों से मिलाता रहा। वे सब माँ को देखकर उनका अभिवादन करते रहे।

‘‘मुझे एक बात आपसे पूछनी है।’’

‘‘क्या?’’

‘‘हमने शक्ति भर मोर्चाबन्दी कर रखी थी। हमारा विचार था कि पृथ्वी का कोई प्राणी हमारे क्षेत्र में प्रवेश नहीं कर सकेगा; किन्तु आप आ गयीं। कैसे?’’

‘‘क्योंकि मैं इस पृथ्वी की प्राणी नहीं हूँ। मैं इस आकाशगंगा के तीसरे ग्रह से आयी हूँ।’’

‘‘आपके साथ और लोग भी हैं?’’

वरुणपुत्री हँस पड़ीं, ‘‘डरो मत।...क्या नाम है तुम्हारा?’’

‘‘शरदमित्र।’’

‘‘मैं अपने पुत्र के साथ अकेली ही हूँ।’’ वे बोलीं, ‘‘हम मित्र हैं। तुमसे सहानुभूति रखते हैं। जितना बन पड़ेगा, तुम्हारी सहायता करेंगे।’’

शरदमित्र उन्हें सागर-तट तक छोड़ने बाहर तक आया और घुटनों के बल रेत पर बैठकर उसने अपना माथा भूमि पर टेक कर वरुणपुत्री को विदा किया।

‘‘कौन था यह?’’

‘‘यह उनका मुखिया ‘शरदमित्र’ था।’’ वरुणपुत्री ने कहा, ‘‘मैं उसके

नाम का हिन्दी में अनुवाद करके बता रही हूँ। उनकी अपनी भाषा में तो उसका उच्चारण काफ़ी कठिन है।''

''उसने क्या बताया?''

''वही, जो हम जानते हैं। उनके ग्रह 'ऋ200' पर जो उत्पात हो रहे हैं, उनसे बचने के लिए, अपने प्राण और सम्मान बचाने के लिए, वे अपना ग्रह छोड़ आये हैं। वे लोग अब भी दो कारणों से भयभीत हैं। एक तो वे अपने ही ग्रह के अपने विरोधियों से भयभीत हैं। कहीं वे लोग उनका पीछा करते हुए यहाँ भी न आ जायें...और दूसरे, पृथ्वी के निवासी उन्हें अपना शत्रु मान कर, अपने लिए संकट समझ कर, उन पर आक्रमण न करें। इसीलिए वे तब तक छिपकर रहना चाहते हैं, जब तक इन दो संकटों से निश्चिंत न हो जायें। उनके पास अपने बचाव के लिए शस्त्र नहीं हैं; किन्तु कुछ उपकरण और शक्तियाँ हैं। किन्तु वे शक्तियाँ तो उनके अपने ग्रह में उनके शत्रुओं के पास भी हैं; और पृथ्वी के लोगों के पास अपने शस्त्र हैं। उनसे बचने के लिए उन्होंने कुछ उपाय कर लिए हैं।''

''तो वे लोग यहाँ कैसे आ गये?''

''तुम्हारा अनुमान ठीक ही निकला है।'' वे मुस्कुराईं, ''उसका कहना है कि उनके पुराणों में एक बहुत प्राचीन घटना का वर्णन है जिसमें बताया गया है कि किसी समय उनके पूर्वज किसी अन्य ग्रह से 'ऋ200' पर आये थे। उस ग्रह का नाम 'पृथ्वी' से कुछ मिलता-जुलता है। उनके ग्रंथों में उस स्थान के भूगोल और उसकी प्रकृति का भी वर्णन है। उनकी नगरियों का भी वर्णन है, जो सागर-तट और सागर में पहाड़ियों पर बसी हुई थीं।... उन्हें ही खोजते हुए वे संयोग से यहाँ आ गये। वे छुपकर यहाँ बैठे हैं। कभी-कभी बाहर की टोह लेने के लिए जल से निकल कर कुछ दूर तक हो आते हैं।''

''बस इतने ही लोग आये हैं?''

''नहीं। उसने बताया कि उनके अनेक साथी निकल कर विभिन्न दिशाओं में चले गये हैं। वे अभी तक स्वयं नहीं जानते कि कौन कहाँ है। अपने पैर जमा लें तो शेष लोगों को खोजने और उनसे संपर्क करने का प्रयत्न करेंगे।''

‘‘आपको विचित्र नहीं लगता कि किसी अज्ञात समय में यहाँ से दूसरे ग्रह में गये हुए लोगों की जाने कितनी पीढ़ियों के पश्चात् ये फिर यहीं लौट आये हैं।’’

‘‘है तो विचित्र किन्तु असम्भव नहीं है।’’ वरुणपुत्री ने कहा, ‘‘सृष्टि में इस प्रकार का आवागमन और स्थानांतरण होता रहता है।’’

‘‘ये सब लोग यहाँ सुरक्षित हैं तो वे पाँच लोग क्यों समुद्र में डूब गये, जो मुंबई के सागर-तट पर मिले थे?’’

‘‘मैंने कहा था न कि समुद्र भी एक जीव है, वह भी चैतन्य तत्व से युक्त है। ‘ऋ200’ से आये उन पाँचों में कुछ ऐसा अवश्यक रहा होगा, या उन्होंने ऐसा कुछ किया होगा, जो सागर को अप्रिय लगा होगा।’’ वरुणपुत्री ने कहा, ‘‘ये शेष लोग भी, जिनसे हम मिलकर आ रहे हैं, अपनी सुरक्षा और भरण-पोषण को ले कर चिंतित और भयभीत हैं।’’

‘‘यदि ये लोग निर्दोष और पीड़ित हैं तो हम उनके लिए कुछ कर नहीं सकते क्या?’’

‘‘करना ही है। हम उन्हें उनकी इस दयनीय दशा में तो छोड़ नहीं सकते। उन्हें भोजन और वस्त्रों की आवश्यकता है। उनके साथ छोटे-छोटे बच्चे भी हैं।’’ वे बोलीं, ‘‘तुम्हारे पिता चाहें तो इनकी बहुत सहायता कर सकते हैं; किन्तु हम उनको इनकी सूचना नहीं दे सकते, नहीं तो वे सूचना को बेच देंगे। जो इनके लिए घातक होगा।’’

‘‘तो?’’

‘‘मैंने उनसे कहा है कि वे किसी की हानि न करें; किन्तु अपनी रक्षा के लिए अपनी शक्तियों का प्रयोग कर सकते हैं।’’ वरुणपुत्री ने कहा, ‘‘सागर का जल थोड़ा पीछे धकेल सकते हैं। अपने लिए धरती का कुछ भाग प्राप्त कर सकते हैं। पहाड़ी को थोड़ा ऊँचा उठाकर अपने परिवारों के लिए सुरक्षित स्थान बना सकते हैं। खिड़कियों, दरवाज़ों में कपाट लगाकर, अवांछित तत्वों के प्रवेश को रोक सकते हैं और अपने घरों को सुरक्षित कर सकते हैं।’’

‘‘लकड़ी के कपाटों से?’’

‘‘नहीं। साधारण लकड़ी तो पानी में गल जायेगी।’’ वरुणपुत्री ने कहा,

‘‘कुछ और पदार्थ हैं, जिनका ज्ञान उन लोगों को है। वे प्रकृति के विषय में हमसे कुछ अधिक ही जानते हैं।’’

~

अगले सप्ताह ही विक्रम को वरुणपुत्री का फिर फ़ोन आया, ‘‘स्वस्थ हो?’’

‘‘हाँ माँ। पूर्णत: स्वस्थ हूँ। आप कहाँ हैं? कैसी हैं?’’

‘‘ठीक हूँ। तुम जानते हो कि ऋ200 ग्रह के वे पांच प्राणी, जो समुद्र में तिरते मिले थे, अब जीवित हैं या नहीं?’’

‘‘नहीं। मुझे उनकी कोई सूचना नहीं है। मैंने उस विषय में जानने का कोई प्रयत्न ही नहीं किया। वैसे भी ये सूचनाएँ अत्यंत गोपनीय होती हैं।’’

‘‘मैं पहले ही जानती थी।’’

‘‘क्या?’’

‘‘कि या तो वे अपनी प्राकृतिक मृत्यु को प्राप्त होंगे या ये वैज्ञानिक और डॉक्टर अपनी खोज-प्रक्रिया में उन्हें मार डालेंगे।’’

‘‘और यक्षनगरी में रहनेवाले वे शेष लोग?’’

‘‘वे सुरक्षित होने चाहिए।’’ वरुणपुत्री ने कहा, ‘‘वहाँ मिल सकते हो?’’

‘‘आ रहा हूँ।’’

विक्रम वहाँ पहुँचा तो उसने देखा कि माँ पहले से वहाँ थीं और शरदमित्र से बातें कर रही थीं।

इस बार दृश्य बहुत बदला हुआ था। सागर-तट वीरान नहीं था, वहाँ रेत पर जैसे मछली बाज़ार लगा हुआ था। अनेक लोग अपनी दुकानें सजाये बैठे थे। उन्होंने स्थानीय मछुवारों जैसे वस्त्र पहनकर वैसा ही वेश बना रखा था। कुछ ग्राहक भी थे।

‘‘इन्हें पुलिस ने तो तंग नहीं किया? आखिर तो ये लोग अवैध रूप से यहाँ बसे हैं।’’

‘‘पुलिस से निबटने के लिए इन्होंने अपनी शक्तियों का प्रयोग किया है। ऐसा मुझे शरदमित्र ने बताया है। वैसे ये घुसपैठिए नहीं, शरणार्थी हैं। फिर

भी आधिकारिक रूप से तो ये यहाँ तब ही रह सकते हैं, जब शरणार्थी के रूप में इन्हें सरकारी मान्यता मिल जाये।...किन्तु इनके लिए इनका सबसे बड़ा संकट एलियन होना है।''

''तो फिर ये यहाँ टिके कैसे ? अब तो ये लोग प्रकट रूप से रह रहे हैं और आजीविका के लिए व्यापार भी कर रहे हैं।''

''इनका कुछ काम गहरे समुद्र की मछलियों, सीपियों, और शंखों ने किया है। उन सबका आकर्षण पुलिसवाले भी नहीं रोक पाये। वह एक प्रकार का उत्कोच था।'' माँ ने बताया, ''एक बड़ा परिवर्तन यह आया है कि शरदमित्र हिन्दी समझने और बोलने लगा है। तुम भी उससे संवाद कर सकते हो।''

''इतनी जल्दी सीख गया ?''

''यह भी उनकी विशेष शक्तियों का परिणाम है।'' वरुणपुत्री ने कहा, ''ये लोग चिंतित थे कि पृथ्वी के लोग उन पर आक्रमण न करें और दूसरे उनके अपने ग्रह 'ऋ200' के लोग उनकी खोज में यहाँ न आ जायें ? अपने ऊहापोह में वे किसी एक निर्णय पर नहीं पहुँच पा रहे थे।''

विक्रम शरदमित्र के पास चला गया, ''कैसे हैं ?''

''अभी तक जीवित हैं।'' वह बोला, ''किन्तु यह कोई जीवन नहीं है।''

''क्या चाहते हो ?''

''हमारी आकांक्षा है कि किसी प्रकार परिस्थितियाँ ऐसी हो जायें कि हम लोग वापस अपने घर लौट सकें, जो लगभग असम्भव लगता है।''

''तो।''

''हमने बहुत प्रयत्न किया है कि हम अपने ग्रह पर छूट गये अपने कुछ साथियों से संपर्क कर सकें; किन्तु वह हो नहीं रहा है। हम समझ नहीं पा रहे हैं कि हमारे संदेश का उत्तर क्यों नहीं आ रहा है। जाने प्रकृति की क्या इच्छा है। एक बार प्रकृति की इच्छा ज्ञात हो जाये, हमारे ऊहापोह मिट जायें, तो हम कोई पक्का निर्णय कर पायेंगे।''

''प्रकृति ने अपनी इच्छा बता दी है। उसका निर्णय घोषित हो चुका है।''

''प्रकृति ने क्या निर्णय किया है ?'' विक्रम और शरदमित्र ने प्राय: एक साथ ही पूछा।

‘‘सृष्टि में एक इतनी बड़ी घटना घटी और तुम्हारे वैज्ञानिकों को या तो सूचना ही नहीं हुई या उन्होंने उसे अत्यंत तुच्छ माना।’’ वरुणपुत्री ने कहा, ‘‘तुम्हारे किसी समाचारपत्र ने उसके विषय में एक शब्द नहीं छापा। किसी टी.वी. चैनल पर उसकी चर्चा नहीं हुई।’’

‘‘पर हुआ क्या है?’’

‘‘एक विराट विस्फोट हुआ, शिलाएँ टकराईं, वज्र टूटे, ज्वालाओं ने अपना विकट रूप दिखाया, ध्वनि ऐसी हुई कि पर्वतों के वक्ष दरक गये। आस-पास के ग्रहों पर भी कहीं-कहीं उसका प्रभाव दिखाई दिया।...और ग्रह ‘ऋ200’ चूर्ण होकर अन्तरिक्ष में बिखर गया। अब उसका और उस पर रहने वालों का कोई अस्तित्व नहीं है।’’

‘‘यह कब हुआ?’’ विक्रम ने चकित होकर पूछा।

‘‘पिछले सप्ताह।’’ वरुणपुत्री ने बताया, ‘‘पृथ्वी की बड़ी प्रयोगशालाओं में भी उस विस्फोट के झटकों को रिकॉर्ड किया गया होगा; किन्तु अभी उसका विश्लेषण नहीं हुआ होगा।...तो अब शरदमित्र और उसके साथी अपने स्थान पर वापस नहीं लौट सकते। ग्रह ‘ऋ200’ से कोई उनके पीछे नहीं आयेगा...और पृथ्वी पर वे यहीं के होकर रहेंगे तो कोई उनका विरोध भी नहीं करेगा।...’’ वरुणपुत्री ने विक्रम की ओर देखा, ‘‘अब तुम्हें समझ में आया कि ग्रह ‘ऋ200’ पर ऐसी स्थिति क्यों उत्पन्न हुई थी कि इन्हें वहाँ से भागना पड़ा...’’

‘‘क्यों?’’

‘‘क्योंकि प्रकृति इन लोगों की मृत्यु से रक्षा करना चाहती थी। उन्हें जीवित रखना चाहती थी। इसलिए ‘ऋ200’ की महाप्रलय से बचाने के लिए इन्हें उससे पहले ही पृथ्वी पर सुरक्षित पहुँचा दिया।’’

‘‘प्रकृति की योजनाएँ बड़ी अबूझ होती हैं। अब हम भी पृथ्वी को अपनी माता मानकर यहीं बसने का निश्चय कर सकेंगे।’’ शरदमित्र भी धीरे-धीरे चलता हुआ, उनके पास आ गया, ‘‘अब कोई हमसे नहीं पूछेगा कि हम कहाँ से आये? क्योंकि हम जहाँ से आये, वह ग्रह अब है ही नहीं। हमारे पुराण कहते हैं कि शताब्दियों पहले हम यहीं से गये थे; अब लौटकर फिर वहीं आ गये हैं। प्रकृति भी विचित्र क्रीड़ा करती है।’’

''जिस काल को तुम शताब्दियाँ कह रहे हो, प्रकृति के लिए वे दिन-दो-दिन भी हो सकते हैं।'' वरुणपुत्री ने कहा, ''किन्तु महत्त्वपूर्ण कुछ और है। ध्यान दो कि प्रकृति के शासन में दूसरों को मारनेवाले स्वयं मारे जाते हैं। जब वे दूसरों के प्राण लेते हैं, वे नहीं जानते कि वे अपनी मृत्यु की भूमिका बाँध रहे होते हैं। उनके कर्म बूमरैंग के समान पलट कर उन पर आघात करते हैं। जो अत्याचार के लिए शस्त्र उठाएगा, वह भी शस्त्र से ही मारा जायेगा।''

''हम समझते रहे कि प्रकृति हमारा संहार कर रही है। नहीं जानते थे कि वह उसकी दुष्ट-दलन प्रक्रिया का आरंभ है। अब अत्याचारियों का अस्तित्व ही समाप्त हो गया है।''

''अब तुम लोग अपनी शक्तियों का लाभ पृथ्वी को दो। इसे सुंदर और उपजाऊ बनाओ। यहाँ के लोगों से मैत्री करो। उनके साथ मिलकर एक हो जाओ। प्रकृति ने तुम्हें इसीलिए यहाँ भेजा है।''

''हम ऐसा ही करेंगे दीदी।'' शरदमित्र ने कहा, ''जैसे-जैसे हमें अवसर मिलेगा हम धरती पर बसते जायेंगे और समुद्र का क्षेत्र उसे लौटा देंगे।...''

''शरदमित्र।'' सहसा वरुणपुत्री ने विषय बदल दिया, ''तुम लोग अपने साथ 'ऋ2000' की प्रकृति का कोई तत्व तो नहीं लाए, जैसे रेत, मिट्टी, वनस्पति...जो पृथ्वी के लिए घातक हो ?''

''जो लोग अपने प्राण बचाकर भागे हों, वे अपने साथ यह सब कैसे ला सकते हैं। हम तो अपने साथ अपने वस्त्र और दो मुट्ठी अन्न भी नहीं ला सके। हमारे अपने ही ग्रह के लोग मृत्यु के समान हमारे पीछे पड़े थे। राक्षस कहीं के।''

6

प्रात: से ही घर में तनातनी मची हुई थी।

कल संध्या समय विनोद सीकर ने हिन्द महासागर में एक द्वीप खरीदा था। मत्स्यकन्या ने उसके स्वामित्व के अभिलेख बड़े बेटे राजीव के नाम बनवाए थे। छोटा संजीव उसी समय से तड़प रहा था कि उस अभिलेख में उसका नाम क्यों नहीं डाला गया।

''तू मुझसे इतना जलता क्यों है?'' राजीव बोला, ''मुझे कुछ मिलता है तो तुझे आग लग जाती है।''

''जलूँगा नहीं। आपके पास चार गाड़ियाँ हैं, फिर भी आप नई गाड़ी खरीदने के प्रयत्न में लगे रहते हैं। किसी दिन किसी को कुचल आयेंगे तो मम्मी-पापा को भी पता चलेगा।''

''तेरे पापा के पास इतना पैसा है कि वे पुलिस तो क्या सरकार को भी खरीद सकते हैं,'' मत्स्यकन्या ने कहा।

''पैसा है तो लोगों को कुचलते फिरेंगे? अब अपने द्वीप पर मित्रों को साथ ले जाकर उन्हें समुद्र में डुबोयेंगे।''

''नहीं ऐसा नहीं होगा,'' राजीव ने कहा।

''तो मुझे द्वीप क्यों नहीं खरीद दिया?''

''राजीव बड़ा है'' मत्स्यकन्या ने कहा।

''बड़े तो विक्रम भैया हैं।'' संजीव ने तड़प कर कहा, ''उनके नाम पर क्यों नहीं खरीदा?''

''विक्रम की ऐसे कामों में रुचि नहीं है, तो उसके गले में बलात् द्वीप बाँध दूँ। तुम दोनों में राजीव बड़ा है। वह अपने मित्रों के साथ वहाँ छुट्टियाँ मनाने जायेगा। तुम क्या करोगे द्वीप का ?''

''देखिए, वे मुझसे बड़े हैं और सदा बड़े रहेंगे।'' संजीव ने कहा, ''इसका अर्थ यह तो नहीं है कि उन्हें सब कुछ मिलेगा और मुझे कुछ नहीं। मैं भी वहाँ अपने मित्रों के साथ छुट्टियाँ मनाने जा सकता हूँ। विक्रम भैया भी जा सकते हैं। यह दूसरी बात है कि वे सुरापान नहीं करते। आप राजीव भैया को गलत मार्गों पर चलना सिखा रही हैं।'' संजीव ने कहा, ''पार्टियाँ तो मैं भी करूँगा। आज नहीं तो दो वर्षों बाद सही। मेरे लिए आप दूसरा द्वीप खरीदेंगी क्या ?''

''दो वर्षों बाद देखा जायेगा।''

विक्रम का मन भी तड़प रहा था—वह भी एक द्वीप खरीदना चाहता था। ऐसा द्वीप, जिस पर किसी देश या किसी सरकार का अधिकार न हो। वह वहाँ छुट्टियाँ मनाने नहीं जायेगा। वह चाहता है कि ऐसा एक द्वीप 'ऋ200' से आये शरणार्थियों को मिले, ताकि वे लोग निर्भीक होकर स्वतंत्र रूप से अपनी शैली में अपना जीवन व्यतीत कर सकें।...किन्तु तब उसे अपने माता-पिता को उनके विषय में सब कुछ बताना पड़ेगा। पिता को उनकी भनक भी मिल गयी तो वे सीधे पुलिस को फ़ोन कर देंगे। उन विस्थापितों को कोई सहायता मिले या न मिले, उनके संकट बढ़ जायेंगे।

मन में आया कि पिता को कह कर वह द्वीप अपने अधिकार में ले ले; और शरदमित्र को वहाँ बसने का संदेश दे दे। वह जानता था कि यह सरल नहीं था। न राजीव मानेगा, न मत्स्यकन्या। बहुत सम्भव है कि पिता भी न मानें।...और फिर कितने दिनों के लिए वह द्वीप माँगे ? कितने दिनों में उनके लिए पक्का ठिकाना बन जायेगा ?

मन किसी प्रकार नहीं माना तो उसने पिता से पूछ ही लिया, ''पापा, क्या ऐसा सम्भव है कि समुद्र में कहीं मुझे भी कोई ऐसा स्थान मिल जाये, जो पूर्णतः मेरा निजी हो, प्राइवेट ? उस पर मेरे परिवार का भी कोई अधिकार न हो ?''

विनोद हँस पड़े, ''तुम क्या करोगे, ऐसे स्थान का...मित्र तुम्हारे हैं नहीं।

लड़कियों की लत तुमको नहीं है। तुम मेरे पुत्र हो और एक भी सखी नहीं है तुम्हारी। रेव-पार्टियाँ तुम नहीं करते। तस्करी का धंधा तुम नहीं करोगे।... साधु-संन्यासियों के लिए कोई आश्रम बनाना है क्या?''

''नहीं। मैं वहाँ स्वयं साधना करना चाहता हूँ।'' उसे कोई बहाना नहीं सूझा।

~

विक्रम का मन माँ से मिलने को मचल रहा था; किन्तु उसके पास ऐसा कोई साधन ही नहीं था कि वह जब चाहे उनसे संपर्क कर सकता। उसकी इच्छ हो रही थी कि वह सागर-तट पर बस गये 'ऋ200' के वासियों का समाचार भी ले आता। एक बार तो मन में आया वह अपना निजी विमान लेकर आकाश का एक चक्कर काटे ताकि देख सके कि शरदमित्र और उसके साथी कहाँ हैं; और किस स्थिति में हैं। कहीं पुलिस ने उन्हें वहाँ से खदेड़ ही तो नहीं दिया। उसके मन में कई बार आया भी कि किसी बहाने वह अपने पापा से कहकर कहीं भूमि का एक बड़ा-सा खंड खरीद ले और 'ऋ200' के लोगों को वहाँ स्थायी रूप से बसा दे, ताकि उन्हें पुलिस द्वारा खदेड़े जाने का भय न रहे...किन्तु भूमि खरीदने की बात उसने जब भी आरंभ की, मम्मी ने हस्तक्षेप कर बात को वहीं समाप्त कर दिया।

''हमें न खेती करनी है, न फ़ार्म हाउस बनाना है।'' मत्स्यकन्या ने कहा, ''मुझे तुम लोगों का अपहरण नहीं करवाना है। भूमि के दाम से अधिक पैसे फिरौती में देने पड़ जायेंगे।''

वे नहीं चाहती थीं कि विक्रम के नाम से कोई भूमि खरीदी जाये, जबकि पिछले ही महीने उन्होंने अपने लिए इंडोनेशिया में एक द्वीप खरीदा था। अब राजीव के लिए खरीदा है। भूमि ही क्या, वे विक्रम के नाम से कुछ भी खरीदने के पक्ष में नहीं थीं। एक कुटिया भी नहीं।

उसकी इसी मानसिकता में माँ का फ़ोन आया, ''मुंबई में ताज होटल में हूँ। आ जाओ।''

माँ ने उसे कंठ से लगा लिया, ''पुत्र मैं जानती हूँ कि तुम क्या चाहते हो। तुम एक द्वीप चाहते हो। मेरी इच्छा होती है कि मैं पृथ्वी के प्रत्येक समुद्र से तुम्हारे लिए एक-एक द्वीप माँग लूँ। वे अपने गर्भ से नए द्वीप उत्पन्न कर देंगे, जिन पर किसी भी देश अथवा सरकार का अधिकार नहीं होगा। किन्तु डरती हूँ...''

''किस बात से डरती हैं माँ?''

''पहली बात तो यह है कि संसार के शक्तिशाली देश उन द्वीपों पर अधिकार जमाने का प्रयत्न करेंगे। यदि ऐसा नहीं हुआ तो तुम स्वयं को उस द्वीप में बन्दी बना लोगे और संसार से वीतराग हो जाओगे।''

''नहीं। मैं तो शरदमित्र तथा अन्य विस्थापितों के लिए द्वीप चाहता हूँ।''

''विचार तो अच्छा है, वरन् बहुत अच्छा है।...किन्तु उनको अपने द्वीप की रक्षा के लिए सैन्य बल भी चाहिए, अन्यथा समुद्री लुटेरे ही उनके लिए संकट बन जायेंगे...और फिर संसार की महाशक्तियाँ तो द्वीपों को हड़पने के लिए तैयार रहती ही हैं। अब तो वे देश अप्राकृतिक, मानव-निर्मित द्वीप भी स्थापित कर रहे हैं।'' वरुणपुत्री ने कहा, ''वहाँ वे अपने सैनिक अड्डे बनाना चाहते हैं।''

''तो?''

''आओ, पहले यह तो देखें कि शरदमित्र और उनके साथी किस हाल में हैं।''

~

आज वहाँ का दृश्य, पूर्णतः परिवर्तित था।

शरदमित्र और उनका दल वहाँ नहीं था। एक भी दुकान नहीं थी। एक भी मछुआरा वहाँ नहीं था। लगता था, सारा का सारा नगर उजड़ चुका था।

''कहाँ गये ये लोग?'' विक्रम बोला, ''ऐसा तो नहीं कि वे सब लोग सागर में बह गये हों?''

''यह तो सम्भव हो सकता है कि वे लोग किसी बड़े जलपोत का प्रबंध

कर उसमें किसी यात्रा पर निकल पड़े हों; किन्तु यह सम्भव नहीं है कि सागर ने सबको नष्ट कर दिया हो। यह सागर का स्वभाव नहीं है।''

''आप ठीक कह रही हैं; किन्तु वे लोग गये कहाँ?''

''आओ, भीतर चलकर देखें। शायद कोई संकेत मिले।''

पानी में पैर डालते ही उन्होंने अनुभव किया कि अब वहाँ वायु की प्राचीर नहीं थी। सागर के जल को बांधा नहीं गया था, न उसकी प्राचीर बनाई गयी थी। तो उन्होंने सागर के जल को खुला छोड़ दिया था।...वहाँ कोई नहीं था। सारे कक्ष खाली पड़े थे। जाते हुए वे वहाँ की पूरी सफ़ाई कर गये थे। कूड़े के नाम पर भी वहाँ कुछ नहीं था।...पर कहाँ चले गये वे ?

''निश्चित रूप से वे लोग कहीं और चले गये हैं।''

''सम्भव है कि उन्हें कहीं कोई जनशून्य टापू मिल गया हो।''

''क्या कह सकती हूँ।'' वरुणपुत्री ने कहा, ''समुद्र में द्वीप बनाया भी जा सकता है और खोजा भी जा सकता है। खाली भी कराया जा सकता है।'' वे रुकीं, ''कल्पनाओं से काम नहीं चलेगा कोई ठोस सबूत चाहिए।''

''तो ?''

''आओ। होटल के कमरे में चलते हैं। वहाँ बैठकर कुछ सोचते हैं, कुछ पता लगाते हैं।''

~

होटल के कमरे के द्वार पर वरुणपुत्री ठिठक गयीं।

विक्रम ने उनकी ओर देखा।

''बन्द कमरे के भीतर कोई है।''

''हाउसकीपिंग वाले होंगे।''

''नहीं। वे बिस्तर नहीं झाड़ रहे हैं। कोई और है। कोई प्रभावशाली व्यक्ति।''

''तो ?''

''देखते हैं।''

वरुणपुत्री ने कपाट खोल दिए।

सामने एक वृद्ध किन्तु सम्भ्रांत व्यक्ति सोफ़े पर पूर्ण शांति से बैठा था। उसने वरुणपुत्री को देखा तो उठ खड़ा हुआ, ''आ गयीं पुत्री।''

वरुणपुत्री उनके कंठ से जा लगीं, ''बाबा। आप कब आये?''

''अभी आया हूँ। सोचा तुम सूचना के अभाव में परेशान हो रही होगी।'' वे मुस्कुरा रहे थे, ''यह है विक्रम?''

''जी।''

''विक्रम। मैं तुम्हारा नाना हूँ। इस चंचल लड़की का बाबा।'' वे बोले, ''तुम दोनों ही परेशान हो रहे होगे कि शरदमित्र और उसके साथी कहाँ चले गये।''

''आप तो अन्तर्यामी हैं,'' विक्रम ने कहा।

''तो जानना चाहोगे कि वे लोग कहाँ गये?''

''जी बाबा,'' वरुणपुत्री ने कहा।

''प्रकृति में एक विचित्र घटना घटित हुई है।'' बाबा बोले, ''प्रकृति ने उनका घर छीन लिया था। कारण तो वही जानें। अब उन लोगों ने, अपनी ही आकाशगंगा में एक नया ग्रह खोज लिया है। वे उसी में लौट गये हैं। अब उनकी चिंता की कोई आवश्यकता नहीं है।''

''अर्थात् प्रकृति ने उन्हें विस्थापित कर पुन: स्थापित कर दिया है,'' वरुणपुत्री ने कहा।

''अब वे पहले से भी अच्छी स्थिति में हैं। स्वच्छ वायु, अच्छा परिवेश, उपजाऊ धरती, निर्मल जल और शत्रुओं का पूर्ण विनाश।''

''मुझे तो आश्चर्य यह है कि अभी तक एक ग्रह ऐसा भी था, जो जीवन को धारण कर सकने की क्षमता रखते हुए भी जनशून्य था और अज्ञात भी,'' विक्रम ने कहा।

''आश्चर्य की कोई बात नहीं है।'' बाबा बोले, ''मनुष्य कितना भी प्रयत्न कर ले, सृष्टि के लाखों ग्रह उसके लिए सदा ही अज्ञात रहेंगे।''

''क्या हम शरदमित्र और उनके साथियों से मिल पायेंगे,'' विक्रम ने पूछा।

''हाँ। जब वे पृथ्वी पर आयेंगे। तुम्हारा उनके ग्रह में जाना सम्भव नहीं है।''

‘‘तुम उदास मत होओ।’’ वरुणपुत्री ने कहा, ‘‘मैं तुम्हारा संदेश उन तक पहुँचा दूँगी।’’

~

विक्रम अपने घर पहुँचा तो उसने अपने पिता को अपनी प्रतीक्षा करते पाया। यह उसके लिए आश्चर्य का विषय था। ऐसा पहले तो कभी नहीं हुआ था कि उसके पिता उसकी प्रतीक्षा करें।

‘‘कहाँ थे तुम?’’

‘‘अपने कुछ हितैषियों से मिलने गया था।’’

‘‘तुम्हारी मम्मी कह रही थीं कि तुम अचानक कभी भी विलुप्त हो जाते हो और घंटों नहीं लौटते हो। कभी-कभी कई-कई दिन घर से अनुपस्थित रहते हो। कहाँ जाते हो?’’

‘‘बताया तो।’’

‘‘मैंने सुना है कि तुम वरुणपुत्री से मिलने जाते हो।’’

‘‘ठीक सुना है आपने। वे मेरी माँ हैं। माँ जब भी बुलाती हैं, मैं उनसे मिलने जाता हूँ,’’ विक्रम ने कहा।

‘‘वह हम सबसे मिलने क्यों नहीं आती। मैं उसका पति हूँ।’’

‘‘यह तो मैंने उनसे कभी पूछा नहीं।’’ विक्रम बोला, ‘‘वे अपनी इच्छ से मुझे मिलती हैं। उनका मन होगा तो आप से भी मिल लेंगी।’’

‘‘अब वह जब भी तुम्हें बुलाए, मुझे बताना। मैं तुम्हारे साथ चलूँगा। हम उसे अपने घर लायेंगे। यह उसी का घर है। अपना घर होते हुए भी वह होटलों में ठहरती है।’’

विक्रम अपने पिता की ओर देखता रहा। आज उनके रंग-ढंग बदले हुए थे।

‘‘मैं माँ से पूछे बिना आपको कोई वचन नहीं दे सकता।’’

विनोद सीकर ने कोई विरोध नहीं किया। उन्होंने चर्चा का विषय बदल दिया, ‘‘पिछले दिनों मत्स्यकन्या ने अपने लिए इंडोनेशिया में एक द्वीप खरीदा था। अब राजीव के लिए खरीदा है। तुम चाहो तो तुम्हारे लिए एटलांटिक या

प्रशांत महासागर में उनसे बड़ा द्वीप खरीद दूँ। तुम अपनी माँ को भी वहाँ बुला सकते हो। तुम दोनों वहाँ रह भी सकते हो।...या फिर कोई बड़ा जलपोत लेना चाहोगे, जिसमें सारी पृथ्वी की यात्रा करते रहो।''

विक्रम के मन में आया कि कहे कि वह चाहे तो समुद्र में ही रह सकता है...यक्षों की नगरी में, नागों की नगरी में, प्राचीन द्वारका में। उसे द्वीप अथवा जलपोत का क्या करना है।...पर उसने कहा कुछ नहीं। व्यर्थ ही पिता की महत्वाकांक्षाएँ जगा कर क्या करना है।

''मैं वरुणपुत्री से मिलना चाहता हूँ। कहाँ रहती है वह?''

''मुझे उनका स्थायी पता मालूम नहीं है।'' विक्रम ने कहा, ''किन्तु इतना जानता हूँ कि वे जल, थल, आकाश में जहाँ चाहें रह सकती हैं। रह लेती हैं।''

''मैं चाहता हूँ कि वह मेरे साथ रहे। तुम मेरा संदेश उस तक पहुँचा सकते हो?''

''संदेश तो मैं पहुँचा दूँगा किन्तु ये बातें तो पति और पत्नी के मध्य ही हों तो अच्छा है।''

''ठीक कहते हो; किन्तु वह मुझे मिले तो।'' विनोद सीकर ने कहा, ''जब वह मुझे छोड़ कर गयी थी, मैंने उसे परिहास ही समझा था। मैं क्या जानता था कि वह इतनी गंभीर है। तब की गयी हुई, आज तक कभी सामने ही नहीं पड़ी। मैं देखना चाहता हूँ कि क्या वह अब भी उतनी ही सुंदर है, मत्स्यकन्या तो ढलती जा रही है।''

विक्रम क्या कहता। मन ही मन सोचता रह गया कि कहीं उसके पिता तीसरा विवाह करने की भूमिका तो नहीं बाँध रहे।

''सोच रहा हूँ कि तुम्हारे लिए एक बड़ा-सा द्वीप खरीद दूँ, जिसमें विमानपत्तन भी हो।...''

विक्रम समझ रहा था कि उसके पिता उसे उत्कोच देने का प्रयत्न कर रहे थे...माँ से मिलवाने के लिए? वे अपनी पत्नी से स्वयं क्यों संपर्क नहीं करते?

''मुझे उसकी आवश्यकता नहीं है। वह सब आप राजीव और संजीव को दे दें।''

‘‘तुम मेरी बात समझते क्यों नहीं हो। आज मेरा देहान्त हो जाये तो वे आज ही तुम्हें इस घर से निकाल देंगे और मेरी सम्पत्ति में से एक पैसा भी तुम्हें नहीं देंगे।’’

‘‘मुझे उसकी आवश्यकता भी नहीं है।’’

‘‘तो कहाँ रहोगे?’’

‘‘ईश्वर की बनाई यह सृष्टि बहुत बड़ी है। इतनी बड़ी कि जिसकी कल्पना भी आप नहीं कर सकते हैं।’’

‘‘वे तुम्हारी हत्या भी करवा सकते हैं।’’

‘‘उसकी उनमें क्षमता नहीं है।’’ विक्रम अपने प्रवाह में बोल गया, ‘‘मेरी माँ दूसरे ग्रह से आयी थीं। मैं साधारण मनुष्यों से कुछ भिन्न हूँ। वे मेरा वध न कर सकते हैं, न करवा सकते हैं। अपनी माँ से मुझे अनेक असाधारण शक्तियाँ मिली हैं।’’

विनोद सीकर का मुख आश्चर्य से खुल गया, ‘‘कौन-सी असाधारण शक्तियाँ हैं तुममें?’’

‘‘आप मुझे लुभा नहीं सकते, न कंचन से न कामिनी से।’’ विक्रम ने कहा, ‘‘आपके द्वारा अपने पुत्रों के लिए खरीदे गये द्वीपों को, मेरी कामना मात्र से समुद्र आगे बढ़कर अपने भीतर डुबो लेगा, किन्तु मैं ऐसी कामना करूँगा नहीं। जिस दिन चाहूँगा, समुद्र मेरे लिए सैकड़ों द्वीप उगल देगा।...मेरे भाई...और मेरे भाई मेरे पक्ष-विपक्ष में कामनाएँ करते रहेंगे और मेरा कुछ भी बिगाड़ नहीं सकेंगे।...’’

...विक्रम की जिह्वा पर इस प्रकार और भी बहुत कुछ था; किन्तु उसने स्वयं को रोक लिया।...वह सब कुछ बताना व्यर्थ था, हानिकारक भी हो सकता था।

कुछ क्षणों के मौन के पश्चात् विनोद बोले, ‘‘मैं यह सब नहीं जानता था। किसी ने मुझे कुछ बताया ही नहीं, वरुणपुत्री ने भी नहीं। तुम मुझे बता सकते हो कि वह किस ग्रह से आयी थी?’’

‘‘पहली आकाशगंगा के तीसरे ग्रह से।’’

‘‘उस ग्रह का कोई नाम भी है?’’

‘‘उसका यही नाम है। जिस दिन पृथ्वी के लोग उसे खोज लेंगे, अपनी सुविधा के लिए उसका कोई नाम रख लेंगे।’’

‘‘तुम वहाँ जा सकते हो ?’’

‘‘माँ ने कहा है कि वे मुझे वहाँ नहीं ले जा सकतीं। इसका अर्थ है कि मैं वहाँ नहीं जा सकता।’’

‘‘मैं तुम्हारे समान कोई शक्ति प्राप्त कर सकता हूँ ?’’ विनोद एक प्रकार से घिघिया कर बोले, ‘‘क्या मैं अपनी वय को बढ़ने से रोक सकता हूँ ? क्या मैं चिरयुवा रह सकता हूँ ? वृद्धावस्था को स्तंभित कर सकता हूँ ?’’

‘‘शायद नहीं। क्योंकि आपके माता-पिता में से कोई भी किसी दूसरे ग्रह से नहीं आया है।’’ विक्रम ने कहा, ‘‘प्रकृति के द्वारा इस पृथ्वी के जीवों के लिए बनाए गये नियमों का आप उल्लंघन नहीं कर सकते।’’

‘‘ठीक है, किन्तु मैं वरुणपुत्री से मिलना चाहता हूँ। तुम उसमें मेरी कोई सहायता कर सकते हो ?’’

‘‘नहीं। वह तो माँ की इच्छा पर ही निर्भर है।’’

‘‘तुम मेरे साथ असहयोग कर रहे हो।’’ विनोद के स्वर में आक्रोश था, ‘‘ऐसे में तुम मुझसे यह आशा नहीं कर सकते कि मैं तुम्हारे भाइयों के विरुद्ध तुम्हारी सहायता करूँगा।’’ विक्रम वहाँ से चला आया। रात को सोते हुए उसे लगा कि माँ उसके कमरे में आयी हैं और कह रही हैं, ‘‘तुम्हें डरने का कोई कारण नहीं है। तुम मेरे द्वारा दिए गये अभेद्य कवच से रक्षित हो। तुम्हारे विरुद्ध किया गया प्रत्येक षड्यंत्र असफल होगा। तुम्हारे लिए छोड़ा गया प्रत्येक शस्त्र लौटकर आक्रांता को आहत करेगा।’’

जाने कब माँ वहाँ से चली गयीं। वह उन्हें अपने पिता का संदेश भी दे नहीं पाया।

~

राजीव के लिए खरीदा गया द्वीप सुंदर था। अभी तक मनुष्य ने उसकी प्रकृति को नष्ट नहीं किया था। विक्रम को दोनों भाई बलात् साथ खींच लाए थे,

‘‘भैया, आप हमारा द्वीप तो देख लीजिए।’’

‘‘मम्मी और पापा देख आये हैं क्या?’’ विक्रम ने पूछा। ‘‘वैसे तो उन्होंने खरीदने से पूर्व इसे देखा ही है।’’ राजीव ने कहा, ‘‘किन्तु मैंने इसमें जो निर्माण करवाया है, उसे देखने के लिए वे लोग आयेंगे, विशेष रूप से विमानपत्तन। हमारे देश में कोई निजी विमानपत्तन न तो इतना सुंदर है और न ही कोई इतना साधन-संपन्न है।’’ राजीव बोला, ‘‘इसमें बनवाए गये उद्यान ज़रा पनप लें तो मैं अपने मित्रों को भी बुलाऊँगा। यहाँ कोई सरकार नहीं है, कोई पुलिस नहीं है। कोई कानून और संविधान नहीं है। मैं ही कानून और संविधान हूँ; और मैं ही पुलिस और सरकार हूँ। मेरी इच्छा का ही शासन है यहाँ।’’

‘‘तुम कहते हो तो मान लेता हूँ।’’ विक्रम बोला, ‘‘किन्तु पहला शासन तो प्रकृति का है। वैसे भी यह किसी देश की सीमा में तो आता ही होगा... भारत, इंडोनेशिया, मलेशिया, वियतनाम...किसी की सीमा रेखा तो इसे घेरती ही होगी। राजनीतिक अधिकार उसी देश की सरकार का चलेगा और कानून भी उनका ही होगा।’’

‘‘यह मेरी निजी सम्पत्ति है और निजी सम्पत्ति में कोई सरकार हस्तक्षेप नहीं कर सकती। कोई मेरे घर में तो नहीं घुस सकता।’’

‘‘भ्रम है तुम्हारा।’’ विक्रम ने कहा, ‘‘तुम अपने घर में भी अवैध वस्तुएँ नहीं रख सकते। अवैध गतिविधियाँ नहीं चला सकते। अपने घर में तुम किसी की हत्या नहीं कर सकते।...’’

‘‘होगा। किसी का अधिकार नहीं होगा तो चीन अपना दावा ठोक देगा।’’ संजीव ने कहा, ‘‘आइए भैया आपको अपना जलपोत भी दिखाएँ।’’ विक्रम के मन में आशंका का वृक्ष उग आया था। कोई तो बात होगी ही, जो सदा उसकी उपेक्षा करने वाले उसके ये दोनों भाई आज उसका इतना सत्कार कर रहे हैं। या फिर उस पर अपनी सम्पत्ति का रौब जमाना चाहते हैं क्या?

‘‘मैंने सुना है कि तुमने इसे किसी से खरीदा है।’’

‘‘हाँ। नकद पैसे देकर खरीदा है।’’

‘‘किससे खरीदा है?’’

''जो इसका मालिक था। उसने बताया था कि यह द्वीप किसी भी देश की सरकार के अधीन नहीं था। यह सदा से स्वायत्त रहा है।''

''यहाँ किसी का आवास भी था?''

''उसके अपने कर्मचारी थे, जिन्हें वह अपने साथ ले गया। मुझे यह स्थान जनशून्य कहकर ही बेचा गया है।'' विक्रम सोचता रहा...क्या, आज के युग में यह सम्भव है। कहीं ऐसा तो नहीं कि किसी ने राजीव को ठगा हो। आज तक यह द्वीप जनशून्य पड़ा रहा हो और किसी की अधिकार-दृष्टि उस पर न पड़ी हो।...अब भी उसे अपने भाइयों का कोई कर्मचारी दिखाई नहीं पड़ रहा था। विमान को तो राजीव ही उड़ा कर लाया होगा किन्तु द्वीप में एक भी कर्मचारी का न होना... ? ''आइए भैया, चलें। जलपोत की ओर चलें।''

~

वे जलपोत पर आये। वह बहुत बड़ा था। उस पर राजीव के शस्त्र तो थे किन्तु उनको परिचालित करने वाला कोई भी कर्मचारी नहीं था। जलपोत को राजीव और संजीव ही तो नहीं लाए होंगे। तो फिर उनके कर्मचारी कहाँ गये ?

''यहाँ समुद्री लुटेरे भी तो हो सकते हैं न।'' विक्रम ने कहा, ''उनसे तो शायद निबट भी लोगे; किन्तु किसी देश की नौसेना आ गयी तो कठिनाई होगी।''

''देखा जायेगा।'' राजीव निश्चिंत था, ''हम अपने सारे विरोधियों से निबटना जानते हैं।''

विक्रम के मन में खटका हुआ—ये ''सारे विरोधी'' कौन हैं? उसने यह क्यों कहा? उसके मन में क्या है?...

चलते-चलते वे पोत के डेक पर आ गये थे। उसके अंतिम सिरे पर, जिसके आगे समुद्र-ही-समुद्र था।...'' भैया नीचे झाँक कर देखिए, यहाँ से समुद्र कैसा लगता है—गहरा, नीला, स्वच्छ और पारदर्शी।'' संजीव ने किसा। विक्रम कहना चाहता था कि वह समुद्र को उन दोनों से कहीं अधिक जानता है; किन्तु

उसने कहा नहीं। सोचा, संजीव की इच्छा पूरी करने में उसे कोई संकट नहीं है, तो वह वैसा कर ही दे। वह आगे बढ़कर जंगले से नीचे झाँकने लगा।...

और तभी उन दोनों भाइयों ने झुककर विक्रम की टाँगों से उसे पकड़ा और जैसे झटके से जलपोत से नीचे समुद्र में फेंक दिया। ''चलो इसे भी निबटा दिया।'' राजीव ने अपने दोनों हाथ झाड़ते हुए कहा। वे देख रहे थे विक्रम ने पानी से बाहर निकलने के लिए तनिक भी प्रयत्न नहीं किया था। न तैरने का प्रयत्न किया, न हाथ-पैर मारे। वह तो जैसे आनन्दपूर्वक पानी में डूबता जा रहा था।...उन्हें पानी में नीचे किसी और मनुष्य की भी झलक मिली...किन्तु वह उनका कोई अनुचर तो नहीं था । कोई गोताखोर भी नहीं हो सकता।...वह शायद पुरुष भी नहीं था।...कोई स्त्री थी क्या...स्त्री परिधान का कुछ आभास सा मिला था; किन्तु समुद्र के जल के नीचे, पानी के भीतर कोई स्त्री कैसे हो सकती है। कोई जलपरी तो नहीं। किन्तु जलपरियाँ तो मनुष्य की कल्पना हैं। कोई बड़ा और हिंस्र जंतु होगा, जो विक्रम को घसीट कर गहरे पानी में ले जायेगा और फिर चीरकर खा जायेगा अथवा समग्रता में ही उसे निगल जायेगा।

~

थोड़ी देर में मत्स्यकन्या भी द्वीप पर आ गयी। उसने बताया कि विनोद सीकर भी आये हैं; किन्तु वे जलपोत पर नहीं आये, उद्यानगृह में बैठे हैं। शायद वहाँ कोई उनसे मिलने आने वाला है। ''यहाँ उनसे मिलने कौन आयेगा?'' संजीव बोला, ''यहाँ तो कोई मक्खी भी हमारी अनुमति के बिना नहीं आ सकती।''

''आने दो, यदि कोई मक्खी उनसे मिलने आती है तो आने दो। हमें कोई आपत्ति नहीं है।'' राजीव ने कहा, ''मम्मी, आपके लिए समाचार यह है कि हमने विक्रम को निबटा दिया है। उसे समुद्र में फेंक दिया है। उसे तब तक पानी में नीचे जाते देखते रहे हैं, जब तक वह दिखाई दिया। अब तक समुद्र के जलचर पूरी तरह से उसे निगल चुके होंगे।''

''यह तो अच्छा समाचार है।'' मत्स्यकन्या ने कहा, ''अब मैं तुम्हारे

पिता की सम्पत्ति की ओर से निश्चिंत हो गयी हूँ। तुम दोनों को उसे किसी के साथ नहीं बाँटना होगा।'' वह रुकी, ''अपने पिता को यह मत बताना कि विक्रम भी तुम्हारे साथ यहाँ आया था। चाहो तो उनसे यह कह सकते हो कि वे उसे अपने साथ क्यों नहीं लाए।''

''न हम विक्रम को अपने साथ लाए हैं, न हमने आने से पहले उसे देखा है।'' राजीव ने कहा, ''वह पर्याप्त स्वतंत्र और घुमक्कड़ हो गया है। कई बार तो पापा को भी पता नहीं होता कि वह कहाँ है और वह हफ़्तों घर से गायब रहता है।''

''ठीक है।'' मत्स्यकन्या ने कहा, ''संजीव तुम भी यही कहना। एक शब्द भी इधर से उधर नहीं।''

''ठीक है मम्मी।''

''तुम लोग समझो कि उसे समाप्त कर तुम लोगों ने अपने लिए कितने ही द्वीप आरक्षित कर लिए हैं।'' मत्स्यकन्या प्रसन्न थी, ''आओ, अब अपने पिता से भी मिल लो। उन्हें आमंत्रित कर जलपोत पर ले आओ। फिर भोजन के विषय में सोचेंगे।''

～

वे लोग उद्यानगृह में आये। वे द्वार पर ही स्तब्ध खड़े रह गये—विनोद सीकर के साथ वहाँ विक्रम भी बैठा था।

''अरे तुम कब आये?'' मत्स्यकन्या ने पूछा, ''आना ही था तो हमारे साथ आ जाते।'' राजीव और संजीव के चेहरे पीले पड़ गये थे। विक्रम हँसा, ''नहीं। मैं समुद्र के माध्यम से आया हूँ; और मुझे जल्दी लौट भी जाना है। पापा को मुझसे कुछ बातें करनी थीं...''

''कर लो।'' मत्स्यकन्या ने कहा, '' फिर पापा को लेकर जलपोत पर आ जाना। हम उसका एक अच्छा-सा नाम सोच रहे हैं। शायद तुम कुछ सहायता कर सको।''

''ठीक है मम्मी?'' मत्स्यकन्या ने अपने पति की ओर देखा, ''अपनी

बात कर आ जाना।'' वह रुकी, ''हेलीकॉप्टर पर आना चाहो तो वैसे ही आ जाना, जलपोत पर हैलीपैड है।'' वे बाहर निकल गये।

''यह कैसे हो गया?''

''यह तो जादू है।'' राजीव बोला, ''मेरा तो दिमाग काम ही नहीं कर रहा।''

''तुम जिसे डूबा हुआ मान रहे थे, वह जलपोत के नीचे से दूसरी ओर निकल गया होगा।''

''पर उसे तैरते हुए तो हमने देखा ही नहीं। हमने उसे डूबते हुए ही देखा था।'' राजीव बोला, ''उसके कपड़ों पर भी समुद्र में तैरने का कोई चिह्न नहीं है। अब यदि उसने पापा को बता दिया कि हमने उसे समुद्र में फेंक दिया था, तो?''

''तुम्हारे पापा उसकी बात का विश्वास ही नहीं करेंगे।'' मत्स्यकन्या ने कहा, ''ऐसी बातों पर कौन विश्वास करेगा।''

''यदि पापा विश्वास कर लें तो हम कह सकते हैं कि वह स्वयं ही रेलिंग पर इतना झुक गया कि समुद्र में गिर गया। हमने उसे पकड़ने का प्रयत्न भी किया किन्तु वह हमारे हाथों से फिसल गया। हमने मान लिया कि वह तैर कर ऊपर आ जायेगा। इसीलिए हमें उसे आपके पास देखकर आश्चर्य नहीं हुआ।...हम आपको यही बताने तो आ रहे थे।''

''अरे छोड़ो यह सब। ऐसा कुछ नहीं होने जा रहा है।'' मत्स्यकन्या ने कहा, ''कुछ हुआ भी तो मैं उन्हें सँभाल लूँगी। वे मेरी पकड़ के बाहर नहीं हैं।''

''किन्तु विक्रम उनके पास बैठा कर क्या रहा है?'' संजीव का स्वर चिंतित था। ''तुम्हारे पापा ने ही उसे पकड़ रखा होगा। वह क्या करेगा,'' मत्स्यकन्या ने कहा।

~

विनोद सीकर का चेहरा कुछ उड़ा-उड़ा सा था।

''तुमसे मिलने से थोड़ी ही देर पहले मैंने किसी महिला की एक झलक देखी थी। समझ ही नहीं आया कि वह हवा में उड़ रही थी या समुद्र पर चल रही थी। मुझे लगा कि वह वरुणपुत्री ही थी। वर्षों से उससे मिला नहीं हूँ, इसलिए निश्चित रूप से कुछ नहीं कह सकता।...पर अब तुम आये हो तो मुझे विश्वास होने लगा है कि वह वरुणपुत्री ही थी और वह तुमसे मिलने ही आयी होगी। सच कहना, वह तुम से मिली ?''

''हाँ। अभी तो वे यहीं थीं।'' विक्रम सहज भाव से बोला, ''पूछ रही थीं कि मैं किसी कठिनाई में तो नहीं हूँ और फिर मुझे अभय देकर चली गयीं।''

''वह यहीं होती है, हमारे आस-पास; किन्तु मेरे पास क्यों नहीं फटकती ? मैंने ऐसा क्या पाप कर दिया है।'' विनोद अपने बाल नोचने की सीमा तक परेशान हो चुका था, ''तुम उससे कहते क्यों नहीं कि मैं उससे मिलना चाहता हूँ। मुझे उसकी याद आती है। मैं अब भी उससे उतना ही प्रेम करता हूँ। तुम मुझे उसके पास ले चलो।''

''आप परेशान न हों पापा।'' विक्रम ने कहा, ''मैंने आपको बताया था न कि वे अपनी ही इच्छा से किसी से मिलती हैं। मुझ से भी।''

''मुझे अब मत्स्यकन्या का साथ एकदम अच्छा नहीं लगता। वह मुझ पर शासन करना चाहती है और ऐसी पत्नी मुझे नहीं चाहिए, जो मुझ पर शासन करना चाहे। वह समझती है कि उसके पुत्र बड़े हो गये हैं तो वह बहुत शक्तिशालिनी हो गयी है। मुझे प्रेम करने वाली पत्नी चाहिए, शासन करने वाली नहीं।'' उन्होंने रुककर विक्रम को देखा, ''अपनी माँ से कहना, यदि वह मुझ से नहीं मिली तो मैं अपने साथ कुछ कर डालूँगा। सिर फोड़ लूँगा अपना। आत्महत्या भी कर सकता हूँ। इसे परिहास मत समझना।''

''अरे-अरे। इतना दुख करना भी उचित नहीं पापा।'' विक्रम बोला, ''किस चीज़ का अभाव है आपको। वैसे मैं माँ के मिलने पर उनसे आपकी बात कह दूँगा।''

''चलो, उठो। चलें उधर। नहीं तो तुम्हारी मम्मी रुष्ट हो जायेगी।''

''रुष्ट हो जायेगी तो क्या करेंगी ? आपसे एक-आध मूल्यवान उपहार लेकर प्रसन्न हो जायेंगी।'' विनोद ने कुछ नहीं कहा किन्तु उनके चेहरे के

भाव विक्रम का समर्थन कर रहे थे।

वे चलते हुए उस दिशा में आगे बढ़े, जिधर उनका जलपोत खड़ा था।...विक्रम चौंका...लग रहा था कि पोत खड़ा नहीं था। वह चल रहा था। अब द्वीप और पोत के बीच समुद्र आ गया था। द्वीप से पोत की दूरी बढ़ती जा रही थी। डेक पर खड़े राजीव, संजीव और मत्स्यकन्या दूरबीनों से तट की ओर देख रहे थे। ''ये लोग हमें छोड़कर कहाँ चल दिए,'' विनोद ने कहा। विक्रम निरंतर समुद्र की ओर देख रहा था, ''मुझे लगता है कि पोत नहीं चला है, समुद्र ही चल पड़ा है।''

''क्या कहना चाहते हो ?''

''समुद्र आपके द्वीप को लील रहा है।''

''कहीं कोई तूफ़ान तो है नहीं।''

''जी। वह उसके बिना ही आगे बढ़ रहा है। दो-चार घंटों में यह द्वीप समुद्र में डूब चुका होगा।''

''ओह। मेरे करोड़ों रुपए समुद्र में डूब गये। यह द्वीप महीना भर भी तो हमारे पास नहीं रहा।'' विनोद रोने-रोने को हो रहे थे, ''यह राजीव भी गधा है। भुगतान से पहले कुछ भी खोज-खबर नहीं ली। द्वीप खरीदने की बहुत जल्दी थी उसे।...'' सहसा उनका स्वर बदला, ''अरे, यहाँ खड़े-खड़े तो हम भी डूब जायेंगे। द्वीप के साथ ही हम भी समुद्र के गर्भ में समा जायेंगे।''

विक्रम हँस पड़ा, ''घबराइए नहीं। कुछ नहीं होगा। आप यहीं खड़े रहिए, मैं सागर को पीछे हटा कर आता हूँ। द्वीप का उद्धार करता हूँ।''

''तुम वराह-अवतार हो क्या ?''

''नहीं मैं वरुणपुत्री का पुत्र हूँ।''

विक्रम आगे बढ़ता गया और समुद्र के जल तक जा पहुँचा।

विनोद का मन हो रहा था कि चिल्ला कर कहें, ''आगे मत जाओ। डूब जाओगे।'' किन्तु वे चिल्लाए नहीं। यहाँ खड़े-खड़े भी तो डूबना ही था।

विक्रम वक्ष तक पानी में डूब गया था और फिर भी वह आगे बढ़ता ही जा रहा था...फटी-फटी आँखों से विनोद ने देखा कि विक्रम आगे बढ़ता

गया; किन्तु पानी उसके वक्ष के ऊपर नहीं उठा, जैसे नवजात कृष्ण को यमुना के पार ले जाते हुए, यमुना का पानी वसुदेव के कंठ से ऊपर नहीं उठा था। लग रहा था कि समुद्र का पानी पीछे हटता जा रहा था और उनका जलपोत द्वीप के निकट आता जा रहा था। पोत और द्वीप के मध्य आ गये पानी को वहाँ से जाने में बहुत समय नहीं लगा। पोत द्वीप के तट पर आकर टिक गया। राजीव, संजीव और मत्स्यकन्या सुरक्षित थे; और विक्रम भी आ कर उनके पास खड़ा हो गया था।

उन्होंने उसे आश्चर्य से देखा, ''यह कैसा जादू था?''

''जादू। इसमें कैसा जादू था? मैंने समुद्र को समझाया कि वह अपने मन में किसी प्रकार का द्वेष न रखे। किसी की क्षति न करे। किसी जलपोत को न डुबोए।...''

''तो क्या कहा समुद्र ने?''

''समुद्र ने कहा, तुम लोगों ने मेरा क्षेत्र छीन कर उसे अपना द्वीप बना लिया है, मैं उसे ही तो लौटा रहा हूँ। उसे फिर से समुद्र बना रहा हूँ।''

''ठीक है, मैंने कहा। समुद्र में अनेक द्वीप हैं। एक यह भी है। द्वीपों पर मनुष्य तथा अन्य जीव रहते ही हैं। तुम उन्हें जल में डुबो दोगे तो वे जीवित नहीं रह पायेंगे। इस प्रकार अपनी शक्ति का दुरुपयोग मत करो। यह हिंसा है। असहाय लोगों की हत्या है।...और इतनी-सी भूमि से तुम्हें क्या फर्क पड़ जायेगा। तुम छोटे तो नहीं हो जाओगे।...''

''झूठ बोल रहे हो तुम। समुद्र मनुष्य के समान बातें नहीं करता। यदि करता तो मुझसे भी करता, राजीव और संजीव से भी करता।'' मत्स्यकन्या ने कहा, ''अपने जादू के ज्ञान को छिपाना चाहते हो। काली शक्तियाँ हैं तुम्हारे पास।''

''आपसे भी बातें करता।'' विक्रम बोला, ''किन्तु आप तो उसकी बात तब तक नहीं समझ पायेंगी, जब तक कि वह मनुष्य की आकृति धारण कर, आपकी भाषा में ही आपसे बात नहीं करेगा। जिस प्रकार वह श्रीराम के सामने प्रकट हुआ था। आपने कभी उसे सप्राण माना है?''

''मैंने उसे सप्राण नहीं माना; किन्तु क्या श्रीराम ने माना था, जो वह

उनके सामने प्रकट हो गया ?''

''उन्होंने समुद्र को सप्राण न माना होता तो तीन दिनों तक वे उससे प्रार्थना क्यों करते ? दिनकर ने कहा है न,

''तीन दिवस तक पंथ माँगते, रघुपति सिंधु किनारे

बैठे पढ़ते रहे, छंद अनुनय के प्यारे-प्यारे।

उत्तर में जब एक नाद भी उठा नहीं सागर से

उठी अधीर धधक पौरुष की आग राम के शर से।''

जब श्रीराम ने उसे चैतन्य प्राणी मान कर उससे बात की थी तो उसे भी उसी रूप में प्रकट होना पड़ा।''

''हम तो उसे एक पौराणिक कल्पना ही मानते हैं,'' विनोद ने कहा।

''वह आपकी इच्छा है; किन्तु जब धरती पर विज्ञान इतना विकसित हो जायेगा कि प्रकृति के इन अंगों को भी वह सप्राण और चैतन्य मानेगा, जिन्हें आज वह निर्जीव मानता है, तो आप समुद्र से भी बातें कर सकेंगे, उसकी इच्छा जान सकेंगे, अपनी इच्छा उसे बता सकेंगे।''

''किन्तु तुम तो आज ही उससे बातें कर रहे हो और वह तुम्हारे आदेश का पालन कर रहा है,'' राजीव ने कहा।

''हाँ, मैं वरुणपुत्री का पुत्र हूँ। उन्होंने मुझे बहुत सारा वह ज्ञान दिया है, जो सामान्यत: धरती पर अनुपलब्ध है। समुद्र मेरी माँ के बाबा की आज्ञा का उल्लंघन नहीं करता। वैसे भी समुद्र अनावश्यक हत्याएँ नहीं करता। वह हिंस्र प्राणी नहीं है; किन्तु आत्मरक्षा, अपने जीवों की रक्षा और प्रकृति की रक्षा वह करता है।'' विक्रम ने कहा, ''इसलिए मैं अपनी इच्छा से समुद्र में चला जाऊँ अथवा किसी के द्वारा बलात् समुद्र में फेंक दिया जाऊँ, तो भी मैं सुरक्षित ही रहूँगा।''

राजीव और संजीव के चेहरों का रंग उड़ गया, कहीं वह यह न बता दे कि उन लोगों ने उसके प्राण लेने के लिए समुद्र में फेंक दिया था।

''मनुष्य जिस सम्पत्ति के लिए परस्पर लड़ता और रक्तपात करता है, प्रकृति जब चाहे उसे नष्ट कर सकती है अथवा अपने अधिकार में कर सकती है।'' विक्रम ने कहा, ''प्रकृति ने अपनी इच्छा से सारी द्वारका को समुद्र में

डुबो दिया है, तो फिर एक द्वीप की क्या बिसात है।''

''तुम हमें डरा रहे हो विक्रम।'' मत्स्यकन्या ने कहा, ''तुम संकेत कर रहे हो कि समुद्र इस द्वीप को लील लेगा...।'' वह अपने स्थान से उठ कर विक्रम के पास आ बैठी। उसने उसके दोनों हाथ पकड़ लिए, ''मुझे वचन दो कि यदि कभी ऐसा हुआ तो तुम समुद्र को उसे मुक्त करने का आदेश दोगे।'' विक्रम हँस पड़ा, ''आप तो मुझे समुद्र का स्वामी ही मान बैठीं। मैं ऐसा कोई वचन नहीं दे सकता। मैं नहीं जानता कि मेरे नाना भी ऐसा कोई वचन देना चाहेंगे या नहीं।''

''तो एक बार हमें गहरे समुद्र में कूदकर दिखाओ,'' संजीव ने कहा।

''क्यों तुम्हारे हैलिकॉप्टर का ईंधन समाप्त हो गया है क्या?''

''नहीं, ताकि हम तुम्हारी बात का विश्वास कर सकें।''

विक्रम हँसा, ''मैंने तुमसे कोई प्रमाणपत्र तो नहीं माँगा।'' वह उठकर पोत के खुले डेक पर चला गया।

7

पानी में कुछ हलचल हुई...लगा, वहाँ कोई था। विक्रम जब तक ध्यान देकर देखता एक व्यक्ति का सिर जल से ऊपर उभर आया...अरे यह तो शरदमित्र था।

''शरद तुम ?''

''हाँ भैया, कहाँ-कहाँ तुमको खोजता हुआ आ रहा हूँ।''

''कोई विशेष बात ?''

''माँ ने संदेश भेजा था कि आप हमारा समाचार जानने को व्याकुल हैं। सोचा, आप से मिलता चलूँ।''

''पोत के ऊपर आओगे ?''

''आपके भाइयों ने देख लिया तो वे बात का बतंगड़ बना देंगे। आपके ग्रह में लोग अन्य ग्रहों से आये लोगों को शिकार करने योग्य जानवर समझते हैं। आप उन्हें मेरे विषय में क्या बतायेंगे।'' वह बोला, ''मैं तो आपको अपना कुशलक्षेम बताने आया था। हम अपने नए ग्रह पर सुख से हैं। वहाँ आस-पास हमारा कोई शत्रु नहीं है। पिछले ग्रह में जो हमारे शत्रु थे, वे उसके साथ ही समाप्त हो गये। प्रकृति ने उनका सामूहिक विनाश कर दिया है और हमें बचाने के लिए उससे पहले ही वहाँ से बाहर निकाल दिया था। हम मानते रहे कि हम पर कोई प्रलय टूट पड़ी है, यह तो अब समझ में आया कि वह हमारे लिए सुरक्षा कवच था। कई बार कहीं से हट जाना भी अपने हित में ही होता है।''

''विचित्र लीला है प्रकृति की।'' विक्रम बोला, ''अपने आपको इतना

ज्ञानी समझने वाला मनुष्य उसे कभी भी समझ नहीं पाता।''

''अच्छा मैं चलता हूँ।'' शरदमित्र ने कहा, ''समुद्र मेरे कानों में कह रहा है कि मैं जल्दी हट जाऊँ, यहाँ भयंकर तूफ़ान आने वाला है। आप भी कहीं और चले जाइए। कौन जाने, तूफ़ान से यह द्वीप बचेगा या नहीं।'' उसने नमस्कार की मुद्रा में हाथ जोड़े और पानी में अदृश्य हो गया।

विक्रम मुड़ा—एक नाव पोत की ओर आ रही थी। शायद वह राजीव के इस बेड़े का ही अंग थी। उस पर उसके कर्मचारी और कुछ सामान था। सम्भवत: पोत में एकांत पाने के लिए, उन्हें जानबूझ कर ही किसी काम के बहाने दूर भेज दिया गया था।

भीतर दोपहर के भोजन का प्रबंध हो रहा था। भोजन सामग्री पहले से ही लाकर रखी हुई थी। अब उसे लगाना ही था।

''विक्रम, तुम भोजन करोगे?'' मत्स्यकन्या ने पूछा।

''विचित्र व्यवहार है तुम्हारा।'' विनोद सीकर ने कहा, ''पुत्र को यह नहीं कहतीं कि भोजन कर लो; पूछ रही हो कि वह भोजन करेगा क्या? कैसी माँ हो तुम।''

''मैं तो ऐसी ही हूँ।'' वह कड़ककर बोली, ''वह कभी हमारे साथ भोजन करता भी है...''

इससे पहले कि विनोद कुछ कहते, विक्रम बोला, ''मेरी जानकारी के अनुसार सागर में तूफ़ान आने वाला है। हमारा हित इसमें है कि हम यहाँ से हट जायें...''

''तुम हमारी रक्षा के लिए एक तूफ़ान को शांत नहीं कर सकते?'' मत्स्यकन्या ने कहा, ''या करना नहीं चाहते। हम डूब गये तो अपने पिता की सारी सम्पत्ति के तुम अकेले अधिकारी होगे।''

''मैं आप सबको बचा सकता हूँ; किन्तु तूफ़ान को नहीं रोक सकता।'' विक्रम बोला। ''अपने-आपको तो हम भी बचा सकते हैं। अभी हैलीकॉप्टर में बैठ कर उड़ जायेंगे। पर यदि ऐसा हुआ तो तुम्हें यहीं छोड़ जायेंगे।''

''छोड़ जाओ।'' विक्रम हँसा।

''इसका अर्थ है कि कोई तूफ़ान नहीं आ रहा है। तुम इस द्वीप को हमसे

खाली कराना चाहते हो।'' राजीव बोला, ''सम्पत्ति का लोभ किसे नहीं होता।''

विक्रम ने कोई उत्तर नहीं दिया। वह सागर की ओर देखता रहा।

सागर आगे बढ़ता आ रहा था; किन्तु अभी तक विनोद और मत्स्यकन्या ने वहाँ से हटने का कोई संकेत नहीं दिया था।

''डैड मैं सत्य कह रहा हूँ, यह द्वीप डूब जायेगा।''

''और फिर भी तुम बच जाओगे?''

''मेरी चिंता न करें, मैं अपनी रक्षा कर सकता हूँ।''

विनोद ने देखा—मत्स्यकन्या अपने पुत्रों के साथ हैलीकॉप्टर में प्रवेश करने के लिए अग्रसर हो रही थी।

''इससे तो अच्छ होता कि मैं कोई पर्वत होता, जो सागर को रोक सकता और सागर मुझे डुबो नहीं सकता।''

''आप अपने अगले जन्म का निर्माण कर रहे हैं।'' वरुणपुत्री जाने कहाँ से प्रकट हो गयी थीं।

''अरे तुम।'' विनोद चौंके, ''तुम यहाँ कहाँ? इतने वर्षों के पश्चात्।'' स्पष्ट था कि विनोद समुद्र और समुद्र के संकट को भूल चुके थे। वे वरुणपुत्री को देख रहे थे। वे आज भी उतनी ही सुंदर और आकर्षक थीं। मत्स्यकन्या तो उनके सामने वृद्धा लगने लगी थी।

''मैं तो यहीं थी।'' वरुणपुत्री हँसीं, ''तुम लोगों के आस-पास। पति से दूर चली भी जाती तो पुत्र को कैसे त्याग देती।''

''मैंने तो तुम्हारी कभी एक झलक भी नहीं पाई।'' विनोद सहसा भावुक हो उठे, ''तुम इतनी क्रूर कैसे हो सकती हो।''

''तुम्हें अपनी पसंद की पत्नी मिल गयी थी; किन्तु मेरे पुत्र को तो माँ नहीं मिली थी न।''

तभी समुद्र में एक ऊँची लहर उठी और द्वीप के किनारों को धमकाती हुई फिर आने के लिए लौट गयी।

''तुम जाओ। जल्दी से हैलिकॉप्टर में चले जाओ।'' वरुणपुत्री ने कहा, ''यह द्वीप निश्चित रूप से समुद्र में समा जाने वाला है।''

''जानती भी हो कि इस द्वीप के लिए मैंने करोड़ों रुपए खर्च किए हैं।''

''प्राण ही नहीं बचेंगे तो करोड़ों रुपयों का क्या करोगे ?''

सहसा विनोद जैसे सचेत हुए। उन्होंने हैलिकॉप्टर की ओर देखा और दौड़ पड़े।

~

हैलिकॉप्टर आकाश में इतना ऊपर उठ गया था कि नीचे समुद्र दिखाई भी नहीं पड़ रहा था। ऊँचाई के साथ-साथ मेघ, धुंध और कोहरा भी कारण हो सकते थे।

''इस माँ और बेटे ने कहीं झूठ बोल कर ही तो हमें द्वीप से नहीं भगा दिया ?'' मत्स्यकन्या बोली, ''क्या पता तूफ़ान आयेगा या नहीं। द्वीप डूबेगा या नहीं। हम वहाँ से चले आये हैं और वे लोग सुविधा से उस द्वीप पर अधिकार जमा लेंगे।''

''मम्मी, आप तो ऐसे कह रही हैं, जैसे हम पुनः द्वीप पर जा ही नहीं सकते।''राजीव बोला, ''हमसे धोखाधड़ी करेंगे तो मैं उनके प्राण ही ले लूंगा।''

''बकवास मत करो।'' विनोद ने कुछ धमका कर कहा, ''सिवाय मार-काट के और कोई बात तुम्हें सूझती भी है। वे तुम्हारी माँ हैं।''

''हमने तो उसे कभी देखा भी नहीं। आज जाने वह कहाँ से प्रकट हो गयी और हमारी माँ भी हो गयी।''

विनोद समझ नहीं पा रहे थे कि वे क्या करें, क्या उत्तर दें राजीव को। अपने प्राणों के भय से वे द्वीप से भाग आये थे; और अब उनको लग रहा था कि उनके प्राण तो वहीं छूट गये थे। वर्षों से वरुणपुत्री को देखा नहीं था, किन्तु आज उसे देखकर वे धैर्य धारण नहीं कर पा रहे थे। वे लौटकर वहाँ कैसे जायें? वरुणपुत्री को वहाँ छोड़ कर आना उनकी बड़ी भूल थी। अब वे उससे मिल भी पायेंगे या नहीं। वह चली जाती है तो जाने कहाँ विलुप्त हो जाती है। उनके पास अपार धन है और वह है कि कभी उनसे किसी भी चीज़ की माँग नहीं करती। उसका पुत्र भी सदा संतुष्ट रहता है...और ये माँ-बेटे अपने आप में माँगों की सूची हैं। उन्हें सदा कुछ-न-कुछ चाहिए ही होता

है।...उनका मन कुछ इतना विह्वल हो गया कि सोचने लगे, कहीं वरुणपुत्री मिल जाये तो अपनी आधी सम्पत्ति उसके नाम लिख दें।...और उससे भी लिखवा लें कि अब वह उन्हें छोड़कर कहीं नहीं जायेगी। वह मत्स्यकन्या के साथ न रहना चाहे तो वे उसके लिए उसकी इच्छा के अनुसार कोई बड़ा-सा उद्यान भवन बनवा दें, महल ही बनवा दें...वह कहे तो उसके लिए कोई सुंदर-सा द्वीप खरीद कर उसे वहाँ की महारानी बना दें...

मत्स्यकन्या के मन में विपरीत आंधी चल रही थी।...यदि वरुणपुत्री फिर से विनोद के जीवन में आ गयी तो उसका क्या होगा? उसके पुत्रों का क्या होगा? सारी सम्पत्ति कहाँ जायेगी?...उसके भीतर एक ऐसी विराट और हिंस्र मछली जाग उठी थी, जो अपने आस-पास की सारी छोटी-बड़ी मछलियों को खा जाना चाहती थी और सागर का सारा पानी पी जाना चाहती थी।...राजीव ने ठीक ही कहा था कि उसकी हत्या कर दी जानी चाहिए थी।...

सहसा राजीव बोला, ''डैड, हमारा वह द्वीप डूब गया। सम्भव है कि कोई और द्वीप भी डूबा हो। शिप भी नष्ट हो गया होगा। आप अनुमान लगाइए कि कितनी हानि हुई।...हमें इस हानि से उबरने के लिए कुछ करना चाहिए।''

''क्या करना चाहते हो?''

''हमें मिश्र, इराक और सीरिया में अपने व्यापार पर ध्यान देना चाहिए। उसे डूबने से बचाना चाहिए। उसकी देख-भाल के लिए आप विक्रम भैया को वहाँ क्यों नहीं भेज देते?''

बात विनोद की समझ में आ रही थी। राजीव अपने व्यापार को बचाने की बात कम, विक्रम को नष्ट करने की बात अधिक कर रहा था।

''जहाँ राक्षसों का राज्य है और हत्याओं का बाज़ार गर्म है। वे सामान्य जन को इतना कष्ट दे रहे हैं, वहाँ विक्रम को भेजना चाहते हो? तुम स्वयं क्यों चले नहीं जाते?''

''वहाँ राक्षसों का राज्य कैसे है?''

''राक्षस किसे कहते हैं? सींगों और लंबे दाँतों वालों को? वैसे राक्षस कहीं नहीं होते। राक्षस वही हैं, जो इराक और सीरिया में विनाश में लगे हैं।'' विनोद बोले, ''निर्दोष और अक्षम लोग वहाँ मारे जा रहे हैं, लोग

जीवित जलाए जा रहे हैं। स्त्रियों का अपहरण कर उनके साथ कौन-सा अत्याचार नहीं हो रहा? उनके साथ बलात्कार हो रहा है, उन्हें मंडियों में दासियों के समान बेचा जा रहा है, उनसे वेश्यावृत्ति कराई जा रही है। उन्हें यौन-दासियों के रूप में बन्दी बनाकर रखा जा रहा है।...राक्षसों का राज्य और किसे कहते हैं।''

''तो हमारे व्यापार का क्या होगा?'' संजीव बोला, ''विक्रम भैया को वहाँ भेजिए, शायद वे सँभाल लें।''

''वह भगवान राम है क्या कि जाकर उस बगदादी का वध कर शांति और धर्म की स्थापना कर आयेगा?''

''तो हाथ पर हाथ धरे बैठे रहें?''

''जब मानवता ही नष्ट हो रही हो तो व्यापार का क्या सोचना? जब स्थितियाँ सुधरेंगी तो देखा जायेगा।'' विनोद बोले, ''जाओ देखो, विक्रम कहाँ है। उसे बुला लाओ।''

''हम अपने डूबते द्वीप और व्यापार की बात कर रहे हैं और आप विक्रम भैया को बुला रहे हैं।'' राजीव ने कहा, ''मुझे तो लगता है कि आई.एस. और बगदादी पृथ्वी को ही नष्ट कर देंगे।''

विनोद कहना चाहते थे कि वे विक्रम को नहीं, वरुणपुत्री को खोज रहे हैं। मत्स्यकन्या से उनका मन भर चुका है। इस बार जब से वरुणपुत्री को देखा था, वे मत्स्यकन्या का मुख भी नहीं देखना चाहते थे।

तभी विक्रम आ गया। उसने शायद राजीव का अंतिम वाक्य सुन लिया था। ''बगदादी की जागीर नहीं है यह सृष्टि।'' वह बोला, ''बुल्ले शाह ने कहा है न कि 'मेरे सोणे दिया खेडां सारियाँ।' ''

''वह क्या होता है?''

''राम जी की लीला है। वे अपनी सृष्टि को ऐसे नष्ट नहीं होने देंगे। राक्षसों का यह तांडव अत्यंत दुखदायी है; किन्तु वे लोग अपने विनाश का उपक्रम कर रहे हैं। वे भस्मासुर के समान अपना नाश करेंगे।''

''और जो मारे गये, जिनके परिवार नष्ट हुए, जो अपने घर छोड़ने को बाध्य हुए।''

''मरनेवालों के विषय में तो मैं कुछ नहीं कह सकता; किन्तु जो विस्थापित हुए हैं, कौन जानता है कि वह उनके उत्थान के लिए ही हुआ हो। संसार के इतिहास में ऐसा कितनी ही बार हुआ है।'' वह रुका, ''गुरुनानक देव की एक कथा है न कि वे एक ऐसे ग्राम में पहुँचे जहाँ अनेक दुष्ट लोग बसते थे। उन्होंने उन्हें वहीं बसे रहने का वर दिया। फिर वे एक ऐसे ग्राम में पहुँचे, जहाँ भले और संत स्वभाव के लोग बसते थे। उन्होंने उन्हें उस ग्राम से उजड़ जाने और बिखर जाने का वर दिया। उनके शिष्यों ने इसका कारण पूछा तो वे बोले, 'दुष्ट लोग एक ही स्थान पर एकत्रित रहेंगे तो उनकी दुष्टता वहीं तक सीमित रहेगी; और भले लोग बिखर कर जहाँ-जहाँ जायेंगे, अपने साथ अपनी भलाई को भी उतने ही स्थानों पर ले जायेंगे। पाकिस्तान और अफगानिस्तान से जो लोग भारत चले आये, वे पीछे रह गये लोगों से बहुत अच्छी अवस्था में हैं। राम जी की लीला बड़ी विचित्र है।''

शरदमित्र और उसके साथियों की घटना भी उसकी जिह्वा पर आना चाहती थी; किन्तु उसने उसे रोक लिया। उससे अनेक संकट खड़े हो सकते थे। वह कहना चाहता था कि प्रकृति के एक संकेत से समुद्र में सैकड़ों द्वीप जन्म ले लेंगे, सहस्रों ग्रह अन्तरिक्ष में घूमने लगेंगे...किन्तु राजीव, संजीव को यह सब बताने का क्या लाभ? वे न उसका विश्वास करेंगे, न उनके मन को शांति मिलेगी। वे तो उसे अपना व्यापार बचाने के नाम पर इराक और सीरिया भेजना चाहते थे, जहाँ मृत्यु की अग्नि धधक रही थी। वस्तुत: वे उससे छुटकारा पाना चाहते थे, नहीं तो वे उसे समुद्र में क्यों फेंकते।...

''हमारे द्वीप का क्या समाचार है?'' राजीव ने कहा, ''हमने तो विक्रम की बात सुनकर मान लिया कि हमारा द्वीप और शिप दोनों ही समुद्र के उदर में समा गये हैं।...''

''टी. वी. चलाओ,'' संजीव ने कहा।

राजीव ने अपनी जेब से अपना मोबाइल फोन निकाल लिया था, ''इसी से पता लग जायेगा।'' उसकी अंगुलियाँ थम गयीं और दृष्टि टिक गयी। उसे अपना समाचार मिल गया था।

''उस तट के सारे ही द्वीप डूब गये हैं और एक भी नाव या पोत सुरक्षित

नहीं है।'' उसने मोबाइल अपनी जेब में डाल लिया, ''पर विक्रम तुम वहाँ से जीवित कैसे आ गये?''

सहसा विक्रम के मन में कोई नटखट बच्चा जागा, ''ऐसा करते हैं कि डैड को कहकर तुम इराक और सीरिया में फैला डैड का सारा व्यापार ले लो और मुझे वह डूबा हुआ द्वीप और शिप दे दो।''

''मुझे बगदादी की खिलाफ़त में जाकर इस्लामिक स्टेट के हाथों मरना है क्या?''

''तो मुझे किस खुशी में वहाँ भेज रहे थे?'' विक्रम हँसा, ''मुझसे छुटकारा पाना चाहते हो क्या। वैसे मैं तुम्हें वह दे रहा हूँ, जो अभी है और उसके बदले में वह माँग रहा हूँ, जो नष्ट हो चुका है।''

''इराक और सीरिया का व्यापार भी नष्ट हो चुका है।'' राजीव बोला, ''वैसे मैंने पूछा था कि तुम उस द्वीप से जीवित कैसे आ गये?''

''मुझे मेरी माँ सुरक्षित ले आयीं।''

''कौन-सा वाहन है उनके पास?''

''यह तो वे ही जानें।''

''तुम माँ-बेटे का रहस्य मेरी समझ में नहीं आता।''

''हमारा रहस्य कुछ भी नहीं है।'' विक्रम ने कहा, ''अपने द्वीप के डूबने का रहस्य जानने का प्रयत्न करो।''

''वह कैसे?''

''चीन के युद्धक जलपोतों ने दक्षिण चीन सागर में आग उगली है। वे भारत और वियतनाम को डराना चाहते हैं।''

''तो उससे समुद्र में तूफ़ान आ गया है?''

''माना तो यही जा रहा है।''

''तो इसका अर्थ है कि जब तूफ़ान लौट जायेगा, तब वह द्वीप पुनः प्रकट हो जायेगा?''

''मैं कुछ कह नहीं सकता। तूफ़ान किस सीमा तक लौटेगा, यह तो समुद्र की अपनी इच्छा पर है।''

''तुम विचित्र प्राणी हो, हर क्षण समुद्र और पहाड़ों जैसी अचेतन की

इच्छा की चर्चा करते रहते हो। इतनी-सी बात नहीं समझते कि इच्छा उन जीवों की होती है, जिनमें प्राण भी होते हैं और चेतना भी।''

''तुम में प्राण हैं; किन्तु चेतना नहीं है, जो इतनी-सी बात नहीं समझते कि सृष्टि में जो कुछ भी है, वह उस परम चेतना का अंश है; इसलिए ऐसा कुछ नहीं है, जिसमें प्राण और चेतना न हो। हाँ तुम्हारी चेतना इतनी सूक्ष्म नहीं है कि उनके अस्तित्व को भली-भाँति समझ सको।...और जहाँ तक तुम्हारे डूबे हुए द्वीप की बात है, वह डूबा नहीं है, समुद्र की लहरों के थपेड़ों से बचने के लिए वह पानी के नीचे छिप गया है। अत: तुम उसे पुन: प्राप्त करने की आशा कर सकते हो। तभी तो तुम वह नष्ट हुआ द्वीप माँग रहे हो और मुझे बगदादी की खिलाफ़त में फैला व्यापार दे रहे हो, ताकि मैं भी नष्ट हो जाऊँ।''

~

''मुझे यह बताओ कि उस डूबते हुए द्वीप में से विक्रम और उसकी माँ जीवित कैसे निकल आये और यहाँ तक कैसे पहुँचे।'' मत्स्यकन्या पूरी तरह बिफरी हुई थी।

''मैं क्या बता सकता हूँ।'' विनोद मंद स्वर में बोले, ''मैं तो तुम लोगों के साथ तुम्हारे हैलिकॉप्टर में लौट आया था।''

''हमारे साथ लौट तो आये थे; किन्तु जो रहस्य वहाँ छोड़ आये थे, उसे तो तुम ही जानते हो न।''

''कैसा रहस्य?''

''तुमने उनको बचाने का प्रयत्न क्यों नहीं किया? उनको अपने साथ लाने का आग्रह क्यों नहीं किया?''

''मैं अपने प्राण बचाता या उनको आने के लिए मनाता।''

''नहीं। मेरे सामने नाटक मत करो, तुम्हें विश्वास था कि वे सुरक्षित हैं और सुरक्षित लौट आयेंगे।'' मत्स्यकन्या हठ पर अड़ी थी, ''इसका क्या रहस्य है?''

''तुम जानतीं हो कि वर्षों से मैं वरुणपुत्री से नहीं मिला। मैं नहीं जानता

कि वह कहाँ रहती है और अकस्मात् ही वह उस द्वीप पर कैसे प्रकट हो गयी। मैं नहीं जानता कि वे दोनों वहाँ से कैसे आ गये। उन्हें कैसे ज्ञात हुआ कि हम उस द्वीप पर हैं। उनके पास तो कोई वाहन भी नहीं था।''

''यही रहस्य तो मैं भी पूछ रही हूँ।''

''मैं नहीं जानता कि यह सब कैसे हुआ।''

''देखो विनोद, मुझे क्रोध मत दिलाओ। तुम जानते हो कि मैं अपने पर आ गयी, तो तुम्हारी क्या दुर्गति करूँगी।''

''तुम क्या चाहती हो?''

''अपना विमान लो और अभी हमारे साथ उस द्वीप पर चलो। मैं देखना चाहती हूँ कि वहाँ की क्या स्थिति है। क्या सचमुच वह द्वीप डूब गया है या हमें भगाकर तुम्हारी वरुणपुत्री उस पर अधिकार जमाए बैठी है।''

''कौन-कौन जायेगा?'' विनोद ने पूछा।

''राजीव, संजीव, मैं और तुम।''

''मेरे अंगरक्षक?''

''क्यों? हम से भय लगता है क्या?''

विनोद ने कुछ कहा नहीं किन्तु उनके मन में कोई चीत्कार कर रहा था कि वे उन तीनों के साथ सुरक्षित नहीं हैं। कहीं उन्होंने विनोद को आकाश से समुद्र में फेंक दिया तो? धन का लोभ कुछ भी करवा सकता है।...एक बार मन में आया कि वे कहें कि विक्रम भी उनके साथ चलेगा; किन्तु फिर स्वयं ही टाल गये। ये लोग विक्रम को भी मार डालेंगे।

''अंगरक्षक नहीं। तुम चाहो तो विक्रम को साथ ले लो।''

विनोद मन ही मन काँप गये। उनकी आशंका सत्य प्रतीत हो रही थी।...किन्तु वे कुछ बोले नहीं।

मत्स्यकन्या उनकी ओर देखती रही।

''चलो।''

~

वे अपने विमान में बैठने को ही थे कि विक्रम और वरुणपुत्री भी कहीं से प्रकट हो गये।

''अरे तुम?'' विनोद प्रसन्न हो गये।

''हम दोनों भी आपके साथ चलेंगे।''

विनोद को अब न कोई भय था, न चिंता। वरुणपुत्री उनके साथ थी। अब उनकी मृत्यु भी हो जाये तो कोई चिंता नहीं।

पायलट ने विमान का द्वार खोल दिया था और सीढ़ी नीचे लटका दी थी। वे लोग सीढ़ियाँ चढ़ रहे थे।

''तुम कहाँ विलीन हो जाती हो?'' विनोद के स्वर में विगलित प्रेम बोल रहा था।

''कहीं नहीं। मैं तो यहीं होती हूँ। आपके आस-पास।'' वे बोलीं, ''प्रकृति का स्वभाव ऐसा है कि हम उन्हें ही देख सकते हैं, जिन्हें देखने की क्षमता हममें होती है।''

''इसका क्या अर्थ हुआ?''

''आप बीस फीट की दूरी तक देख सकते हैं। यदि कोई इक्कीसवें फुट पर खड़ा हो तो आप नहीं देख पायेंगे। इसका अर्थ यह नहीं है कि वह वहाँ नहीं है।''

''तो तुम इक्कीसवें फुट पर होती हो?''

''बीच में एक दीवार आ जाये, तब भी आप नहीं देख सकते।''

''तो तुम्हारे और मेरे बीच एक दीवार है क्या?''

''हाँ, एक ओट तो होती ही है।'' वरुणपुत्री बोली, ''आवश्यक नहीं कि वह ईंटों की हो, वह एक स्त्री की छाया भी हो सकती है।''

विनोद उसकी बात समझ रहे थे।

''मुझे मृत्यु का भय भी रहता है, चाहे वह मेरी हो या तुम्हारी।''

''इस सृष्टि में कुछ भी नष्ट नहीं होता, कुछ उत्पन्न नहीं होता। कुछ निकट नहीं होता, कुछ दूर नहीं जाता। बस रूप बदलते रहते हैं। सागर पर्वत बन जाता है और पर्वत जलधारा बनकर समुद्र में जा मिलता है। आज हम मनुष्य हैं, कल हम कोई ग्रह भी हो सकते हैं। कभी-कभी ग्रह भी मनुष्य बन कर

इस पृथ्वी पर आ जाते हैं। प्रकृति परिवर्तनशील है, किन्तु मृत्युधर्मा नहीं है।''

वे विमान में बैठ गये थे। पायलट ने द्वार बन्द कर दिये।

''मैं तुम्हारी बात समझ नहीं पा रहा हूँ,'' विनोद ने कहा।

''कैसे समझेंगे।'' मत्स्यकन्या बोली, ''उसमें कोई अर्थ हो तो समझें। यह हमें भयभीत करने का प्रयत्न कर रही है। मूर्ख बना रही है।''

वरुणपुत्री मुस्कुरा रही थीं, ''मूर्ख पैदा होते हैं, बनाये नहीं जाते।...अच्छा, इन बातों को छोड़िए। एक सूचना दे रही हूँ। समझ सकें तो समझ लें। न समझें या न मानना चाहें तो आपका भाग्य।''

''क्या सूचना है?'' विनोद ने पूछा।

''चौथी आकाशगंगा में बहुत हलचल है। बहुत सम्भावना है कि उसके कुछ ग्रह अपनी गति की दिशा बदलकर अपनी कक्षा से बाहर आ जायें। वे पृथ्वी के इतने निकट भी आ सकते हैं कि उनके प्रभाव में हमारे महासागर मत्स्यकन्या होकर उत्पात पर उतर आयें। आपका वायुमंडल इतना चंचल हो उठे कि हमारे विमानों का उड़ना असम्भव हो जाये। पृथ्वी पर बहुत सारे भयंकर उत्पात होंगे। इसलिए सोच समझकर यात्रा कीजिएगा। आपकी यात्रा शुभ हो।''

विनोद कुछ समझते और कहते, तब तक वरुणपुत्री, विक्रम का हाथ पकड़ कर उड़ते हुए बन्द विमान से अदृश्य हो गयीं।

''यह क्या कह गयी?'' विनोद स्तब्ध से रह गये, ''और कहाँ चली गयी?''

''कुछ नहीं। उसे बकवास करनी थी, कर गयी।'' मत्स्यकन्या अपनी योजना पर दृढ़ थी, ''वह जादूगरनी है। बन्द विमान में से भी गायब हो जाती है।''

～

विक्रम को अपने पैरों तले भूमि की अनुभूति हुई तो उसने पूछा, ''हम कहाँ हैं माँ?''

''आज मैं तुम्हें अपने ग्रह पर ले आयी हूँ पुत्र। मुझे उसकी अनुमति

मिल गयी है।'' वरुणपुत्री ने कहा, ''आज पृथ्वी किसी के लिए भी सुरक्षित नहीं है।''

''तो उन लोगों का क्या होगा ?''

''किनका ?''

''जो विमान में बैठकर उड़े हैं।''

''कुछ नहीं। वे अपना रूपाकार बदल कर उसी पृथ्वी पर फिर से जन्म लेंगे।''

''पुनर्जन्म ?''

''हाँ एक प्रकार का पुनर्जन्म ही। किन्तु आवश्यक नहीं कि वे मनुष्य का ही जन्म प्राप्त कर पायें।''

''तो क्या बन कर जन्म लेंगे ?''

''यह तो मैं भी नहीं जानती पुत्र। कुछ भी बन सकते हैं...पेड़-पौधे, कीट-पतंग, पशु-पक्षी, नदी-पर्वत। वे किसी और ग्रह पर भी जन्म ले सकते हैं।''

''आप उन्हें अपनी शुभकामनाएँ नहीं देंगी ?''

''मैं कामना करती हूँ कि वे अपनी इन वृत्तियों के साथ जन्म न लें।''

❑❑❑